COLLECTION FOLIO

Stendhal

Féder

ou Le Mari d'argent

Édition de Vittorio Del Litto

Gallimard

Ce texte est extrait du recueil *Le Rose et le Vert. Mina de Vanghel et autres nouvelles* (Folio n° 1381).

Henri Beyle naît le 23 janvier 1783 dans une famille de la bourgeoisie aisée de Grenoble. Il a sept ans quand sa mère meurt en couches. Élève brillant, il remporte le premier prix de belles-lettres de l'École centrale de Grenoble, puis le premier prix de mathématiques. Fin 1799, il s'installe à Paris et travaille au ministère de la Guerre sous les ordres de l'un de ses cousins. Il rejoint ensuite l'armée en Italie et découvre le pays avec émerveillement. De retour à Paris, il fréquente les salons avec l'ambition de faire fortune dans la banque tout en commençant à écrire pour le théâtre. Il tombe amoureux d'une actrice, Mélanie Guilbert. Mais, lorsqu'elle le quitte en 1806, il rejoint l'armée, en Prusse cette fois-ci, où il séjourne dans la petite ville de Stendhal. Quelques années plus tard, il revient à Paris où il mène une vie brillante et a une liaison avec la cantatrice Angéline Bereyter. Après un nouveau séjour en Italie, il suit la campagne napoléonienne en Russie et participe à la retraite. Profondément déprimé, il assiste à la chute de Napoléon ; il s'installe à Milan où il restera sept ans. En 1817, il publie dans la plus totale indifférence une *Histoire de la peinture en Italie* à laquelle il travaillait depuis plusieurs années. Inspiré par sa vie sentimentale agitée, il rédige *De l'amour,* une « description minutieuse et détaillée de tous les sentiments qui composent la passion nommée amour ».

Suspecté d'idées républicaines, il doit quitter Milan et reprend sa vie de dandy à Paris. En 1823, il publie sans succès *Racine et Shakespeare*, considéré comme l'un des manifestes du romantisme au même titre que la préface de *Cromwell*. L'année suivante, il devient l'amant de la comtesse Clémentine Curial. Pour se consoler de leur rupture en 1827, il écrit *Armance*, son premier roman. Le public boude le livre. Devenu consul à Trieste, il achève *Le Rouge et le Noir*. L'histoire de l'ambitieux Julien Sorel qui finira sur l'échafaud paraît en 1830. Nommé ensuite à Civitavecchia, il s'ennuie et passe de longs moments à Rome, où il trouve la matière de ses *Chroniques italiennes*. Les années suivantes, il écrit *Lucien Leuwen* et *Vie de Henry Brulard*, son autobiographie. De retour à Paris, il écrit en cinquante-trois jours *La Chartreuse de Parme*, vaste fresque politique et amoureuse sur fond de campagne d'Italie. À nouveau envoyé en Italie, il est frappé par une première crise d'apoplexie. Malade, il revient à Paris où il meurt le 23 mars 1842. Il est enterré au cimetière de Montmartre.

Découvrez, lisez ou relisez les livres de Stendhal :

ARMANCE (Folio n° 686)

LA CHARTREUSE DE PARME (Folio n° 3925)

CHRONIQUES ITALIENNES (Folio n° 392)

DE L'AMOUR (Folio n° 1189)

HISTOIRE DE LA PEINTURE EN ITALIE (Folio Essais n° 297)

LAMIEL (Folio n° 1462)

LUCIEN LEUWEN (Folio n° 3659)

PROMENADES DANS ROME (Folio n° 2979)

ROME, NAPLES ET FLORENCE (Folio n° 1845)

LE ROSE ET LE VERT — MINA DE VANGHEL ET AUTRES NOUVELLES (Folio n° 1381)

LE ROUGE ET LE NOIR (Folio n° 3380)

SOUVENIRS D'ÉGOTISME *suivi de* PROJETS D'AUTOBIOGRAPHIE *et de* LES PRIVILÈGES (Folio n° 1430)

VIE DE HENRY BRULARD (Folio n° 447)

VIE DE ROSSINI (Folio n° 2433)

VANINA VANINI ET AUTRES NOUVELLES (Folioplus classiques n° 200)

JOURNAL (Folio Classique n° 5082)

AUX ÂMES SENSIBLES. Lettres choisies (1800-1842)

Pour aller plus loin dans l'œuvre de Stendhal :

Philippe Berthier commente LA CHARTREUSE DE PARME (Foliothèque n° 49)

Jean-Jacques Hamon commente LE ROUGE ET LE NOIR (Foliothèque n° 20)

Philippe Berthier commente VIE DE HENRY BRULARD (Foliothèque n° 88)

CHAPITRE PREMIER

À dix-sept ans, Féder, un des jeunes gens les mieux faits de Marseille, fut chassé de la maison paternelle ; il venait de commettre une faute majeure : il avait épousé une actrice du Grand-Théâtre. Son père, Allemand fort moral et de plus riche négociant depuis longtemps établi à Marseille, maudissait vingt fois par jour Voltaire et l'ironie française ; et ce qui l'indigna peut-être le plus, dans l'étrange mariage de son fils, ce furent quelques propos légers *à la française* par lesquels celui-ci essaya de se justifier.

Fidèle à la mode, quoique né à deux cents lieues de Paris, Féder faisait profession de mépriser le commerce, apparemment parce que c'était l'état de son père ; en second lieu, comme il avait du plaisir à voir quelques bons tableaux anciens du musée de Marseille, et qu'il trouvait détestable certaines croûtes modernes, que le gouvernement expédie aux musées de province, il alla se figurer qu'il était artiste. Du véritable artiste, il n'avait que le mépris pour l'argent ; et encore ce mépris tenait-il surtout à son horreur pour le travail de bureau et pour les occupations de son père : il n'en voyait que la gêne extérieure. Michel Féder, déclamant sans cesse contre la vanité et la légèreté des Français, se gardait bien d'avouer devant son fils les divins plaisirs de vanité que lui donnaient les louanges de ses associés, lorsqu'ils venaient partager avec lui les bénéfices de quelque bonne spéculation, sortie de la tête du vieux Allemand. Ce qui indignait celui-ci, c'est que, malgré ses sermons de morale, ses associés transformaient promptement leurs bénéfices en parties de campagne, en *chasse à l'arbre* et autres bonnes jouissances physiques. Pour lui, enfermé dans son arrière-comptoir, un volume de Steding[1] et une grosse pipe formaient tous ses plaisirs, et il amassa des millions.

Lorsque Féder devint amoureux d'Amélie, jeune actrice de dix-sept ans, sortant du Conservatoire et fort applaudie dans le rôle du *Petit Matelot*, il ne savait que deux choses : monter à cheval et faire des portraits en miniature ; ces portraits étaient d'une ressemblance frappante, on ne pouvait leur refuser ce mérite ; mais c'était le seul qui pût justifier les prétentions de l'auteur. Ils étaient toujours d'une laideur atroce et

1. Nom que Stendhal affectionne pour désigner les philosophes allemands, dont il n'appréciait pas les théories nébuleuses.

n'atteignaient à la ressemblance qu'en outrant les défauts du modèle.

Michel Féder, chef si connu de la maison Michel Féder et Cie, déclamait toute la journée en faveur de l'égalité naturelle, mais jamais ne put pardonner à son fils unique d'avoir épousé une petite actrice. En vain l'avoué chargé de faire protester les mauvaises lettres de change adressées à sa maison lui fit observer que le mariage de son fils n'avait été célébré que par un capucin espagnol (dans le Midi, on ne s'est point encore donné la peine de comprendre le mariage à la municipalité) ; Michel Féder, né à Nuremberg et catholique outré, comme on l'est en Bavière, tenait pour indissoluble tout mariage où était intervenue la dignité du sacrement. L'extrême vanité du philosophe allemand fut surtout choquée d'une sorte de dicton provençal qui fut bientôt populaire dans Marseille :

« Monsieur Féder, le riche Baviérot,
se trouve le beau-père au *petit matelot.* »

Outré de ce nouvel attentat de *l'ironie française,* il déclara que de sa vie il ne reverrait son fils, et lui envoya quinze cents francs et l'ordre de ne jamais se présenter devant lui.

Féder sauta de joie à la vue des quinze cents francs. C'était avec des peines infinies qu'il avait pu réunir, de son côté, une somme à peu près égale, et, le lendemain, il partit pour Paris, le *centre de l'esprit et de la civilisation,* avec le *petit matelot,* enchantée de revoir la capitale et ses amies du Conservatoire.

Quelques mois plus tard, Féder perdit sa femme, qui mourut en lui donnant une petite fille. Il crut devoir annoncer à son père ces deux événements graves ; mais, peu de jours après, il sut que Michel Féder était ruiné et en fuite. Son immense fortune lui avait tourné la tête, sa vanité avait rêvé de s'emparer de tous les draps d'une certaine espèce que l'on fabrique en France ; il voulait faire broder sur la lisière des pièces de drap, les mots : *Féder von Deutschland* (Féder l'Allemand), et ensuite porter au double de leur valeur actuelle ces draps, qui, naturellement, auraient pris le nom de *draps Féder* ; ce qui devait l'immortaliser. Cette idée, pas mal française, fut suivie d'une banqueroute complète, et notre héros se trouva avec mille francs de dettes et une petite fille au milieu de ce Paris qu'il ne connaissait point, et où, sur la figure de chaque réalité, il appliquait une chimère, fille de son imagination.

Jusque-là Féder n'avait été qu'un fat, au fond excessivement fier de la fortune de son père. Mais, par bonheur, la prétention d'être un jour un artiste célèbre l'avait porté à lire avec amour Malvasia, Condivi et les autres historiens des grands peintres d'Italie. Presque tous ont été des gens pauvres, fort peu intrigants, fort maltraités de la fortune ; et, sans y songer, Féder s'était accoutumé à regarder comme assez heureuse une vie remplie par des passions ardentes, et s'inquiétant peu des malheurs d'argent et de costume.

À la mort de sa femme, Féder occupait, au quatrième étage, un petit appartement meublé, chez M. Martineau, cordonnier de la rue Taitbout, lequel jouissait d'une honnête aisance, et, de plus, avait l'honneur de se voir caporal dans la garde nationale. La nature marâtre n'avait donné à M. Martineau que la taille peu militaire de quatre pieds dix pouces ; mais l'artiste en chaussures avait trouvé une compensation à ce désavantage piquant : il s'était fait des bottes avec des talons de deux pouces de hauteur à la Louis XIV, et il portait habituellement un magnifique bonnet à poil haut de deux pieds et demi. Ainsi harnaché, il avait eu le bonheur d'accrocher une balle au bras dans l'une des émeutes de Paris. Cette balle, objet continuel des méditations du Martineau, changea son caractère et en fit un homme aux nobles pensées.

Lorsque Féder perdit sa femme, il devait quatre mois de loyer à M. Martineau, c'est-à-dire trois cent vingt francs. Le cordonnier lui dit :

— Vous êtes malheureux, je ne veux point vous vexer, faites mon portrait en uniforme, avec mon bonnet d'ordonnance, et nous serons quittes.

Ce portrait, d'une ressemblance hideuse, fit

l'admiration de toutes les boutiques environnantes. Le caporal le plaça tout près de la glace sans tain que la mode anglaise met sur le devant des boutiques. Toute la compagnie à laquelle appartenait Martineau vint admirer *cette peinture,* et quelques gardes nationaux eurent l'idée lumineuse de fonder un musée à la mairie de leur arrondissement. Ce musée serait composé des portraits de tous les gardes nationaux qui auraient l'honneur d'être tués ou blessés dans les combats. La compagnie possédant deux autres blessés, Féder fit leurs portraits, toujours d'une ressemblance abominable, et quand il fut question du payement, il répondit qu'il avait été trop heureux de reproduire les traits *de deux grands citoyens.* Ce mot fit sa fortune.

Conservant le privilège des gens bien élevés, Féder se moquait tout doucement des honnêtes citoyens auxquels il adressait la parole ; mais la vanité gloutonne de ces héros prenait tous les compliments à la lettre. Plusieurs gardes nationaux de la compagnie, et ensuite du bataillon, firent ce raisonnement : « Je puis être blessé, et même, comme le bruit des coups de feu a sur moi une influence surprenante et m'enhardit aux grandes actions, je puis fort bien un jour me faire tuer, et alors il devient nécessaire à ma gloire d'avoir d'avance mon portrait tout fait, afin que l'on puisse le placer au musée d'honneur de la deuxième légion. »

Avant la ruine de son père, Féder n'avait

jamais fait de portraits pour de l'argent ; pauvre maintenant, il déclara que ses portraits seraient payés cent francs par le public et cinquante francs seulement par les braves gardes nationaux. Cette annonce montre que Féder avait acquis quelque savoir-faire depuis que la ruine de son père l'avait fait renoncer aux affectations de la fatuité d'artiste. Comme il avait des manières fort douces, il devint de mode dans la légion d'inviter à dîner le jeune peintre le jour de l'inauguration du portrait au moyen duquel le chef de famille pouvait espérer l'immortalité.

Féder avait une de ces jolies figures régulières et fines que l'on rencontre souvent à Marseille au milieu des grossièretés de la Provence actuelle, qui, après tant de siècles rappellent les traits grecs des Phocéens qui fondèrent la ville. Les dames de la 2e légion surent bientôt que le jeune peintre avait osé braver le courroux d'un père, alors immensément riche, pour épouser une jeune fille qui n'avait d'autre fortune que sa beauté. Cette histoire touchante ne tarda pas à se revêtir de circonstances romanesques jusqu'à la folie ; deux ou trois braves de la compagnie de Martineau, qui se trouvèrent de Marseille, se chargèrent de raconter les folies étonnantes dans lesquelles un amour tel qu'on n'en vit jamais avait jeté notre héros, et il se vit obligé d'avoir des succès auprès des dames de la compagnie ; par la suite, plusieurs dames du bataillon, et même de la légion, le trouvèrent aimable. Il avait alors dix-neuf ans, et était parvenu, à force de mauvais portraits, à payer ce qu'il devait à M. Martineau. L'un des maris chez lesquels il dînait le plus souvent, sous prétexte de donner des leçons de dessin à deux petites filles, se trouvait un des plus riches fournisseurs de l'Opéra, et lui fit avoir ses entrées.

Féder commençait à ne plus écouter pour sa conduite les folies de son imagination, et, par le contact avec toutes ces vanités de bas étage, grossières et si cruelles à comprendre, il avait acquis quelque esprit ! Il remercia beaucoup de cette faveur la *dame* qui la lui avait fait obtenir ; mais déclara que, malgré sa passion folle pour la musique, il ne pourrait en profiter : depuis *ses malheurs*, souvent il prononçait ce mot de bon goût, c'est-à-dire depuis la mort de la femme qu'il avait épousée par amour, les larmes qu'il ne cessait de répandre avaient affaibli sa vue, et il lui était impossible de voir le spectacle d'un point quelconque de la salle : elle était trop resplendissante de lumière. Cette objection, si respectable par sa cause, valut à Féder, ainsi qu'il s'y attendait bien, l'entrée dans les coulisses, et il obtint le second avantage de persuader de plus en plus aux braves de la 2e légion que la société intime du jeune peintre n'avait aucun danger pour leurs femmes. Notre jeune Marseillais avait alors devant lui, comme on dit dans les boutiques, quelques billets de cinq cents francs, mais se trouvait fort ennuyé des succès qu'il obtenait auprès des dames boutiquières. Son imagination, toujours folle, lui avait persuadé que le bonheur se trouve auprès des femmes bien élevées ; c'est-à-dire qui ont de belles mains blanches, occupent un somptueux appartement au premier étage, et ont des chevaux à elles. Électrisé par cette chimère qui le faisait rêver jour et nuit, il passait ses soirées aux Bouffes ou dans les salons de Tortoni, et s'était logé dans la partie la mieux habitée du faubourg Saint-Honoré.

Rempli de l'histoire des mœurs sous Louis XV, Féder savait qu'il y a un rapport naturel entre l'Opéra et les premiers personnages de la monarchie. Il voyait, au contraire, un mur d'airain s'élever entre les boutiquiers et la bonne compagnie. En arrivant à l'Opéra, il chercha parmi les deux ou trois grands talents de la danse ou du chant, un esprit qui pût lui donner les moyens de voir la bonne compagnie et d'y pénétrer. Le nom de Rosalinde, la célèbre danseuse, était européen : peut-être comptait-elle trente-deux printemps, mais elle était encore fort bien. Sa taille, surtout, se distinguait par une noblesse et une grâce qui deviennent plus rares chaque jour, et trois fois par mois, dans quatre ou cinq des plus grands journaux, l'on vantait le bon ton de ses manières. Un feuilleton fort bien fait, mais qui aussi coûtait cinq cents francs, décida du choix de Féder, que le *bon ton* des enrichis de boutique mettait au désespoir.

Il étudiait le terrain depuis un mois, et toujours par la garde nationale, faisait connaître ses malheurs dans les coulisses ; enfin il se décida sur le *moyen d'arriver*.

Un soir que Rosalinde dansait dans le ballet à la mode, Féder, qui s'était placé convenablement derrière un bouquet d'arbres avançant sur la scène, s'évanouit d'admiration comme la toile tombait, et, lorsque la belle Rosalinde, couverte d'applaudissements, rentra dans la coulisse, elle trouva tout le monde empressé auprès du jeune peintre, qui était déjà connu par *ses malheurs* et dont l'état donnait des inquiétudes. Rosalinde devait son talent, vraiment divin dans la pantomime, à l'une des âmes les plus impressionnables qui fussent au théâtre. Elle devait ses manières aux cinq ou six grands seigneurs qui avaient été ses premiers amis. Elle fut touchée du sort de ce jeune homme qui avait déjà trouvé dans la vie de si grands malheurs. Sa figure lui parut d'une noblesse singulière, et son histoire saisit son imagination.

— Donnez-lui votre main à baiser, lui dit une vieille figurante qui tenait des flacons de sels près de la figure de Féder ; s'il est ainsi, c'est par amour pour vous. Le pauvre jeune homme est sans fortune et amoureux fou, voilà qui est *guignonant* [1].

1. « Qui inspire le dépit par son caractère de mauvaise chance obstinée ou cruelle » (Robert).

Rosalinde disparut et revint bientôt avec les mains et les bras parfumés de l'odeur qui était alors le plus en vogue. Est-il besoin de dire que le jeune Marseillais revint de son profond évanouissement, en faisant les mines les plus touchantes ? À ce moment, il était si ennuyé d'être resté trois quarts d'heure, les yeux fermés et sans parler, au milieu de tant de bavardages, que ses regards, toujours fort vifs, jetaient des flammes. Rosalinde fut si profondément touchée de cet accident, qu'elle voulut l'emmener dans sa voiture.

L'esprit de Féder ne manqua point à la situation qu'il s'était faite, et, moins d'un mois après cette première entrevue, si bien ménagée, la passion de Rosalinde devint tellement folle, que les petits journaux en parlèrent. Quoique fort riche, comme l'exercice des arts détruit chez les femmes la *prudence d'argent*, Rosalinde voulut épouser Féder.

— Vous avez trente, quarante, je ne sais combien de mille livres de rente, dit Féder à son amie ; mon amour vous est acquis pour la vie ; mais il me semble que je ne pourrai vous épouser avec honneur que lorsque j'aurai réuni, moi-même, au moins la moitié de cette somme.

— Il faudra te soumettre à quelques petites actions assez ennuyeuses ; mais n'importe, suis mes conseils, mon cher ange, aie cette patience, et, dans deux ans d'ici, je te mets à la mode ; alors tu portes à cinquante louis le prix de tes portraits, et, peu d'années ensuite, je te fais membre de l'Institut; une fois arrivé à ce comble de la gloire, tu me permets de jeter tes pinceaux par la fenêtre : tout le monde sait que tu as réuni six cents louis de rente; alors le mariage d'amour devient un mariage raisonnable; et naturellement tu te trouves à la tête d'une fortune de plus de vingt mille écus par an; car, moi aussi, j'économiserai.

Féder jura qu'il se soumettrait à tous ses conseils.

— Mais je vais devenir à vos yeux une pédante ennuyeuse, et vous me prendrez en horreur!

Féder protesta de sa docilité, qui serait égale à son amour, c'est-à-dire infinie. Il pensait que la route pénible qu'on allait lui jalonner était la seule qui pût le conduire à ces femmes du grand monde, que son imagination lui peignait divinement belles et aimables.

— Eh bien donc, dit Rosalinde en soupirant, commençons le rôle de pédante, plus dangereux pour moi qu'aucun de ceux que j'ai joués en ma vie; mais jure-moi de m'avertir quand je t'ennuierai.

Féder jura de façon à se faire croire.

— Eh bien! d'abord, continua Rosalinde, ta mise est beaucoup trop brillante; tu suis de près des modes gaies; tu oublies donc *tes malheurs*? Tu dois toujours être l'époux inconsolable de la belle Amélie, ton épouse. Si tu as encore le courage de supporter la vie, c'est afin de laisser du pain à l'image d'elle qu'elle t'a laissée. Je te composerai une mise excessivement distinguée et qui fera le désespoir de nos *jockeys*, si jamais l'un d'entre eux a la prétention de l'imiter. Chaque jour avant que tu sortes, je ferai comme un général pour ses soldats, je passerai la revue de *ton extérieur*. En second lieu, je vais t'abonner à *la Quotidienne* et à la collection des œuvres des saints Pères. Lorsque ton père quitta Nuremberg, il était noble : M. von Féder. Par conséquent, tu es noble ; sois donc croyant. Quoique vivant dans le désordre, tu as tous les sentiments d'une haute piété, et c'est ce qui plus tard amènera et sanctifiera notre mariage. Si tu veux faire payer tes portraits cinquante louis, et jamais et sous aucun prétexte ne manquer à tes devoirs de chrétien, tu as un brillant avenir. En attendant le succès certain de la conduite un peu *embêtante* que je prends sur moi de te faire suivre, je veux t'arranger de mes propres mains l'appartement où tu recevras les jeunes femmes qui, bientôt, se disputeront le plaisir de se faire peindre par un jeune homme aussi singulier et aussi beau. Attends-toi à voir respirer dans cet appartement la tristesse la plus austère ; car, vois-tu, si tu ne veux pas *être triste dans la rue*, il faut absolument renoncer à tout et te condamner à ce malheur de m'épouser dès aujourd'hui. Je vais quitter ma maison de campagne, nous en choisirons une à vingt-cinq lieues de Paris, dans quelque coin perdu. Ce sont des frais de poste qu'il nous en coûtera ; mais ta réputation sera sauvée. Là, au milieu des bons provinciaux du voisinage, tu pourras être aussi fou que le comporte ta nature du Midi ; mais, à Paris et dans sa banlieue, tu dois être, avant tout et pour toujours, l'*époux inconsolable*, l'*homme bien né* et le *chrétien attentif à ses devoirs*, tout en vivant avec une danseuse. Quoique je sois fort laide et que ton Amélie fût très jolie, tu feras entendre que, si j'ai trouvé grâce à tes yeux, c'est que je lui ressemble, et le jour où tu te trouvas mal à l'Opéra (Rosalinde se jeta dans ses bras), c'est que, dans le ballet où je jouais, je venais de faire un geste absolument semblable à un de ceux qu'avait Amélie dans le rôle du *petit matelot*.

C'était justement pour parvenir à une conversation de ce genre que Féder s'était ennuyé une heure le jour de l'évanouissement dans les coulisses de l'Opéra. Mais il était loin de s'attendre à un régime aussi sévère. Quoi ! lui, naturellement si vif et si gai, jouer le rôle d'un mélancolique !

— Avant de te répondre, ô mon adorée ! dit-il à Rosalinde, permets-moi de réfléchir pendant quelques jours. Rends-moi donc malheureux, lui disait-il, si tu veux me voir marcher sur le boulevard d'un air triste.

— Tu feras comme moi au commencement de ma carrière, lui dit Rosalinde. Alors le public était bête, et il fallait avoir les pieds en dehors, et, à chaque pas, j'étais obligée de faire attention à mes pieds. Dix minutes de promenade à l'étourdie me mettaient en dedans pour une semaine. Au reste, c'est à prendre ou à laisser ; si tu ne te jettes pas tête baissée dans l'air mélancolique ; si tu ne lis pas *la Quotidienne* tous les jours, de façon à répéter, au besoin, tous ses raisonnements quand tu te mêleras aux conversations sérieuses, jamais tu n'auras quinze mille livres de rente, et tu me feras périr de douleur, ajouta-t-elle en riant ; car jamais tu ne feras de moi une Mme Féder.

Ici vinrent se placer deux ou trois mois fort pénibles ; notre héros eut bien de la peine à prendre le genre mélancolique. Ce qu'il y avait de pis pour cette nature vive et impressionnable du Midi, c'est qu'en jouant la tristesse il devenait triste, et rien alors ne pouvait lui servir de contre-poison.

Rosalinde l'adorait, elle avait de l'esprit comme un démon ; elle trouva un remède : elle acheta deux pantalons et un habit à la mode, mais parfaitement râpés ; elle fit laver et reteindre tout cela ; elle joignit à cet appareil une montre en chrysocale[1], un chapeau d'une forme exagérée, une épingle en diamant faux ; quand elle eut réuni ce costume, un jour que Féder était tombé dans ses humeurs sombres pour avoir joué la mélancolie, sur le boulevard, pendant deux grandes heures :

1. « Alliage de zinc et de cuivre ou d'étain ayant l'aspect de l'or » (Robert).

— Voici ce que ma sagesse vient de décider, s'écria Rosalinde d'un air profond : nous allons dîner de bonne heure ; je vais t'habiller en clerc de notaire, je te mènerai à la Chaumière ; là je te permets de répéter toutes les folies que tu faisais jadis dans les bals des villages voisins de Marseille. Tu vas me dire d'abord que tu t'ennuieras à ce bal de la Chaumière ; je te répondrai que, pour peu que tu t'appliques à jouer le rôle d'un Deschalumeaux [1] bien ridicule, et à danser en faisant des entrechats, comme vous les faites dans le Midi, tu ne t'ennuieras point trop. D'ailleurs, après t'avoir laissé à la Chaumière, je courrai chez Saint-Ange (c'était un vieux et noble danseur retiré), il me donnera le bras, et je reviendrai jouir de tes farces ; mais je ne te reconnaîtrai point : ce serait dangereux. Je ne parlerai pas ; autrement tu n'aurais plus de mérite, et pour m'amuser moi-même un peu, je vais persuader à Saint-Ange que nous sommes brouillés, et je verrai, Monsieur, les belles choses qu'il me dira sur votre compte.

Cette partie, ainsi arrangée, fut fort gaie ; Rosalinde y ajouta des épisodes divertissants ; elle se fit faire la cour par deux ou trois jeunes gens de la Chaumière ; ils l'avaient reconnue, et elle lançait des œillades chargées de passion.

1. Deschalumeaux est le héros de l'opéra-comique *Monsieur Deschalumeaux ou la Soirée du carnaval*, de Gaveaux, livret de Creuzé de Lesser (1806). Il s'agit d'un gentilhomme limousin que son entourage s'amuse à mystifier.

Cette idée eut un tel succès, qu'on la renouvela plusieurs fois. Rosalinde, qui voyait agir Féder, lui donnait des conseils, et, à force de lui répéter qu'il ne s'amusait réellement qu'en jouant la comédie, absolument comme il ferait sur un théâtre, elle parvint à en faire un clerc de notaire beaucoup plus ridicule, beaucoup plus chargé dans son imitation des belles manières, mais beaucoup plus amusant que tous les autres.

— Voici qui est drôle, dit Féder à Rosalinde : après m'être livré toute une soirée à l'exécution burlesque de toutes les folies qui, hier au soir, me semblaient plaisantes, j'ai trouvé aujourd'hui beaucoup plus de facilité à reproduire, sur le boulevard, les gestes sans vigueur et le regard privé d'intérêt de l'homme accablé par les *souvenirs de la tombe.*

— Je suis ravie de te voir marcher tout seul ; tu arrives là à une chose que j'ai tentée vingt fois de te dire : c'est le grand principe de mon métier de comédienne. Mais j'aime bien mieux que tu sois arrivé à en avoir la sensation. Eh bien, mon petit Féder, ce n'est pas seulement la *comédie mélancolique* qu'il faut jouer, pour vous autres gens du Midi qui prétendez vivre à Paris, il faut jouer la comédie *toujours* ; rien moins que cela, mon bel ami. Votre air de gaieté et d'entrain, la prestesse avec laquelle vous répondez, choquent le Parisien, qui est naturellement un animal lent et dont l'âme *est trempée* dans le brouillard. Votre allégresse l'irrite ; elle a l'air de vouloir le faire passer pour *vieux*; ce qui est la chose qu'il déteste le plus. Alors, pour se venger, il vous déclare grossiers et incapables de goûter les *mots spirituels* qui sont le cauchemar de bonheur du Parisien. Ainsi, mon petit Féder, si tu veux réussir à Paris, dans tes moments où tu ne dis rien, prends une nuance de l'air malheureux et découragé de l'homme qui ressent un commencement de colique. Éteins ce regard vif et heureux qui t'est si naturel et qui fait mon bonheur. Ne te permets ce regard, si dangereux ici, que quand tu es en tête à tête avec ta maîtresse; partout ailleurs songe au *commencement de colique.* Regarde ton tableau de Rembrandt, vois comme il est avare de la lumière; vous autres peintres, vous dites que c'est à cela qu'il est redevable de son grand effet. Eh bien, je ne dis pas pour avoir des succès à Paris, mais simplement pour y être supporté et ne pas finir par voir l'opinion vous jeter par la fenêtre, sois avare de cet air de joie et de cette rapidité de mouvement que vous rapportez du Midi; songe à Rembrandt.

— Mais, mon ange, il me semble que je fais honneur à la maîtresse qui me donne le bonheur en m'enseignant la tristesse. Sais-tu ce qui m'arrive? Je réussis trop; les malheureux que je peins ont l'air encore plus ennuyés qu'à l'ordinaire; ma conversation mélancolique les assomme.

— En effet, s'écria Rosalinde avec bonheur, j'avais oublié de te le dire, il m'est revenu de divers côtés que l'on te reproche d'être triste.

— On ne voudra plus de moi.

— Peins telles que tu les vois toutes les femmes qui ont moins de vingt-deux ans ; donne hardiment vingt-cinq ans à toutes les femmes de trente-cinq, et aux bonnes grand-mères qui se font peindre avec des cheveux blancs donne hardiment des yeux et une bouche de trente ans. Je te trouve dans ce genre d'une timidité bien gauche. C'est pourtant, le *b, a, ba,* de ton métier. Flatte horriblement, comme si tu voulais te moquer des bonnes gens qui viennent se faire peindre. Il n'y a pas huit jours, en faisant le portrait de cette vieille dame qui avait de si jolies levrettes, tu lui as donné quarante-cinq ans, et pourtant elle n'en avait que soixante ; j'ai bien vu par mon petit judas, pratiqué dans la bordure de ton tableau de Rembrandt, qu'elle était fort mécontente, et c'est parce que tu lui donnais quarante-cinq ans qu'elle t'a fait recommencer deux fois la coiffure.

Un jour, devant Rosalinde, Féder dit à un de ses amis :

— Voici des gants de vingt-neuf sous que m'a vendus le portier du théâtre, et, en vérité, ils valent tout autant que ceux qu'on nous fait payer trois francs.

L'ami sourit et ne répondit pas.

— Est-il bien possible que vous disiez encore des choses comme celles-là ! s'écria Rosalinde quand l'ami se fut éloigné. Cela retarde de trois ans votre entrée à l'Institut ; vous tuez, comme à plaisir, la considération qui s'apprêtait à naître ! On peut vous soupçonner de pauvreté ; ne parlez donc jamais de choses qui dénotent l'habitude de l'économie. Ne parlez jamais de ce qui dans le moment, a le plus petit intérêt pour vous ; cette faiblesse peut avoir les plus déplorables conséquences. Est-il donc si difficile de jouer toujours la comédie ? Jouez le rôle de l'homme aimable, et demandez-vous toujours : « Qu'est-ce qui peut plaire à cet original qui est là devant moi ? » C'est le prince de Mora-Florez, qui m'a laissé cent mille francs par son testament, qui me répétait souvent cette maxime. Vous aviez si bien deviné, quand vous viviez avec les braves gardes nationaux de votre légion, que le Parisien arrivant de la Sibérie doit dire qu'il n'y fait pas trop froid, comme il s'écrierait, en arrivant de Saint-Domingue, qu'en vérité il n'y fait pas trop chaud. En un mot, vous me disiez que, pour être aimable, il faut, en ce pays, dire le contraire de ce à quoi s'attend l'interlocuteur. Et c'est vous qui venez parler d'une chose misérable comme le prix d'une paire de gants ! Votre atelier vous a valu l'an passé tout près de dix mille francs ; j'ai persuadé à notre ami Valdor, le *huitième* d'agent de change qui fait mes affaires, que, toute votre dépense prélevée, il vous restait à la fin de l'année douze billets de mille francs, que j'ai placés chez lui, en compte particulier. Mylord Kinsester (*qui ne sait se taire,* c'était le sobriquet de Valdor) a répandu dans tout notre monde que votre atelier vous valait mieux de vingt-cinq mille francs ; et vous venez parler avec admiration des vingt-neuf sous que coûte une paire de gants !

Féder se jeta dans ses bras ; c'était ainsi qu'il voulait une amie.

Depuis qu'il avait eu de si grands succès avec un habit râpé et des bijoux de chrysocale, il n'avait point abandonné la Chaumière et autres bals de ce genre. Rosalinde le savait, et en était au désespoir. Le nombre des amis qui connaissaient Féder comme un personnage mélancolique décuplait tous les ans ; quelques-uns de ces amis l'avaient vu aux bals de la Chaumière ; il leur avait avoué qu'il était d'un libertinage effréné, que cette sensation était la seule qui pût le distraire de ses malheurs. Le libertinage ne rabaisse pas un homme comme la gaieté : on le lui avait passé, et ce fut avec admiration que l'on parla de la folie que le sombre Féder savait retrouver le dimanche, pour plaire aux Amanda et aux Athénaïs qui, pendant la semaine, cultivent le bonnet et la robe chez Delille ou chez Victorine.

Un jour, il y eut querelle sérieuse de la part de Rosalinde. La conduite de Féder était correcte avec elle ; elle ne pouvait se plaindre, quoique pleurant bien souvent ; mais Féder, en lui payant une somme de trois cent dix francs soixante-quinze centimes, fouillait dans son gilet pour payer les soixante-quinze centimes. Il faut savoir que, lorsque Féder était venu loger avec Rosalinde, qui avait un magnifique appartement sur le boulevard, près de l'Opéra, il avait été convenu que Féder ne payerait point la moitié des huit mille francs que coûtait ce bel appartement ; mais bien les six cent vingt et un francs cinquante centimes que lui coûtait le petit appartement de garçon, au cinquième étage, qu'il quittait pour Rosalinde. C'était en payant un semestre de ce petit appartement qu'il faisait preuve d'une exactitude si désolante pour Rosalinde.

— En vérité, disait-elle les larmes aux yeux, vous tenez à jour vos petits comptes avec moi, comme si vous étiez à la veille de me quitter. Je comprends que vous voulez pouvoir dire à vos amis : « J'ai aimé Rosalinde », peut-être même : « J'ai vécu avec elle pendant trois ans ; je lui ai toutes les obligations possibles ; elle a fait avoir à mes cadres de miniatures les meilleures places à l'exposition ; mais enfin, du côté de l'argent proprement dit, nous avons toujours été comme frère et sœur. »

CHAPITRE II

Chacune des paroles de cette accusation, qui avait bien son fonds de vérité, était interrompue par des sanglots entrecoupés.

Il faut savoir que dès que Féder, dont la réputation comme peintre en miniature et comme amant inconsolable de sa première femme faisait des pas de géant, s'était vu quelques billets de mille francs, le génie du commerce s'était réveillé en lui. Dans sa première enfance, il avait appris chez son père l'art de spéculer et de tenir note des affaires conclues. Féder avait joué à la Bourse, puis fait des spéculations sur les cotons, sur les sucres, sur les eaux-de-vie, etc. ; il avait gagné beaucoup d'argent ; puis il perdit tout ce qu'il avait dans la crise américaine sur les cotons ; en un mot, il lui était resté, pour tout bénéfice de trois ans de travaux, le souvenir des émotions profondes que lui avaient données les pertes et les gains. Ces alternatives avaient mûri son âme et lui avaient appris à voir la vérité dans ce qui le concernait. Un jour, à l'exposition au Louvre, vêtu de noir, comme il convenait à son caractère sérieux, il s'était mêlé à la foule d'admirateurs arrêtés devant son cadre de miniatures. Grâce au savoir-faire de Rosalinde, on avait parlé de ses ouvrages avec ravissement dans dix-sept articles sur le salon, et les connaisseurs, réunis devant ses miniatures, répétaient fort exactement, et en se donnant l'air de les inventer, les phrases des feuilletons. Féder était tellement peu de son siècle, que cette circonstance lui inspira du dégoût. En faisant quelques pas, il arriva au cadre de Mme de Mirbel ; le sentiment pénible du dégoût fut remplacé par celui d'une admiration véritable. Enfin, il s'arrêta, comme frappé de la foudre, devant un portrait d'homme.

« Le fait est, s'écria-t-il en se parlant à lui-même, que je n'ai aucun talent ; mes portraits sont d'infâmes caricatures des défauts que présentent les figures de mes modèles ; ma couleur est toujours fausse. Si les spectateurs avaient l'esprit de se livrer simplement à leurs sensations, ils diraient que les femmes que je peins sont de porcelaine. »

À la fin de l'exposition, Féder eut la croix d'honneur, en sa qualité de peintre du premier ordre. Toutefois la découverte qu'il avait faite sur lui-même ne fit que croître et embellir ; c'est-à-dire qu'il se persuada parfaitement, et tous les jours davantage, de sa complète vérité.

« Si j'ai quelque talent, se disait-il, c'est plutôt celui du commerce. Car, enfin, je n'opère point au hasard ou par engouement, et je trouve les données de mes raisonnements bonnes, même après que les choses ont mal tourné. Aussi, sur dix opérations auxquelles je me livre, sept à huit réussissent. »

Ce fut par des réflexions de ce genre que notre héros parvint à diminuer le chagrin qui lui avait causé l'amertume qui, maintenant, suivait toutes ses idées de peinture.

Il remarqua avec un sentiment singulier que la vogue dont il jouissait doublait depuis qu'il avait reçu la croix. C'est qu'à cette époque il avait franchement renoncé aux peines infinies qu'il se donnait pour imiter les couleurs de la nature ; il peignait beaucoup plus vite depuis qu'il donnait aux carnations de toutes ses femmes la couleur d'une belle assiette de porcelaine sur laquelle on aurait jeté une feuille de rose. Son chagrin relatif à la peinture en était presque réduit à n'être plus que de la honte d'avoir pu se tromper, dix ans de sa vie, sur le véritable métier auquel il était propre, lorsque M. Delangle, l'un des premiers négociants de Bordeaux, dont il avait gagné l'estime et l'amitié dans la liquidation d'une affaire malheureuse, frappa de façon à ébranler toutes les portes du magnifique atelier que Féder avait rue de la Fontaine-Saint-Georges. Delangle, annoncé de loin par sa voix tonnante, parut enfin dans l'atelier avec son chapeau gris, placé plus de côté qu'à l'ordinaire sur ses grosses boucles de cheveux d'un noir de jais.

— Parbleu ! cria-t-il à tue-tête, j'ai une sœur qui est un miracle de beauté ; elle a vingt-deux ans à peine, et elle est si différente des autres femmes, que son mari, M. Boissaux, a été obligé de lui faire violence pour l'amener à Paris, où il vient soigner l'exposition de sa manufacture de... Je veux avoir *sa miniature* ; il n'y a que vous, mon ami, qui soyez digne de faire un si charmant portrait ; mais c'est à une condition, c'est que vous me permettrez de le payer, morbleu ! Je connais votre délicatesse romanesque, mais je suis aussi fier de mon côté ; ainsi, point d'argent, point de portrait.

— Je vous donne ma parole d'honneur, mon ami, répondit Féder avec un son de voix simple et son geste naïf, que si vous tenez à avoir un ouvrage qui présente tout ce que l'art de la peinture peut donner en ce moment, il faut vous adresser à Mme de Mirbel.

M. Delangle se récria et fit à notre héros des compliments un peu trop énergiques, mais qui avaient la rare qualité d'être parfaitement sincères.

— Je vois bien, mon cher Delangle, qu'il faut ici convaincre votre entêtement ; mais, si la personne dont vous parlez est réellement aussi belle que vous le dites, je tiens moi-même à ce que vous en ayez un portrait qui la représente *réellement*, et non pas une tête de convention *pétrie de lis et de roses*, et n'ayant pour toute expression qu'un air de fade volupté.

M. Delangle se récria encore.

— Eh bien mon cher ami, pour vous convaincre, nous allons prendre l'ouvrage qui vous plaira le plus parmi les portraits que j'ai dans mon écrin, et nous allons voir ensemble l'un des plus beaux portraits que Mme de Mirbel a exposés cette année ; le propriétaire qui aime les arts, veut bien me permettre d'aller étudier de temps à autre dans sa galerie. Là, en comparant les deux ouvrages, je vous ferai toucher au doigt et à l'œil, quoique la peinture ne soit pas votre occupation habituelle, que c'est au grand artiste que je vous ai nommé qu'il faut vous adresser.

— Parbleu ! vous êtes un si grand original de probité, au milieu de ce pays de triples charlatans, s'écria Delangle avec toute la vivacité bordelaise, que je veux que ma sœur, Mme Boissaux, jouisse de tout le ridicule de votre caractère. Oui, morbleu ! j'accepte l'étrange visite à l'ouvrage du seul rival que vous puissiez avoir dans la peinture ; prenons une heure pour demain.

Le lendemain Féder dit à Rosalinde :

— Je vais paraître ce matin devant une provinciale, sans doute bien ridicule ; compose-moi une toilette bien *catafalque*, afin que, si je ne m'amuse pas en jouant mon rôle d'être triste et en écoutant avec respect ses sottes observations, je puisse, du moins, me distraire un peu en jouant et en chargeant mon rôle de Werther désespéré. Ainsi, si jamais je vais à Bordeaux, j'y aurai été précédé par l'idée touchante de ma profonde mélancolie.

Le lendemain, à deux heures, ainsi qu'on en était convenu, Féder se présenta à l'un des plus beaux hôtels de la rue de Rivoli, où étaient descendus M. et Mme Boissaux. Le laquais, qui ne comprit pas qui Féder demandait, le conduisit à un homme de haute taille, mais déjà fort gros. Les traits colorés de cet être-là n'annonçaient pas plus de trente-six à trente-huit ans ; il avait de grands yeux fort beaux, mais sans nulle expression ; l'être qui avait ces beaux yeux et en était fier était M. Boissaux. Le Boissaux, gros bonhomme de trente-huit ans, n'avait pas dormi la première nuit de son arrivée à Paris, tant il avait peur d'être ridicule. Pour bien débuter dans ce genre, trente heures après son arrivée, le tailleur le plus à la mode, au dire du maître de son hôtel, avait chargé sa grosse personne du costume le plus exagéré que pussent porter en ce moment les jeunes gens les plus minces du *Club Jockey*.

Le Boissaux en étant empêché par une affaire imprévue, Féder fut présenté à Mme Boissaux par son ami Delangle, qui, ce jour-là, ne se gênant pas devant sa sœur et voulant avoir de l'esprit aux yeux de Féder, sut ajouter au naturel le rôle du Gascon de quarante ans, millionnaire et passionné. C'est-à-dire que la hardiesse que donnent l'âge et l'expérience des affaires, réunie à celle qui suit une grande fortune et l'habitude de primer dans une ville de province, lui inspira des phrases telles, que Féder eut toutes les peines du monde à ne pas éclater de rire. Il n'en joua qu'avec plus de verve son rôle de Werther désespéré.

« Quel dommage, se disait-il, que Rosalinde ne nous voie pas ! elle qui me reproche toujours d'être timide envers les sots devant lesquels j'étale ma douleur, elle verrait si je suis digne d'être membre de l'Institut. »

La petite Mme Boissaux avait l'air d'une enfant,

quoique son frère répétât à chaque instant qu'elle aurait vingt-deux ans à la Sainte-Valentine prochaine (le 14 février) ; venue au monde ce jour-là, on lui en avait donné le nom. Elle était grande et bien faite ; sa figure, presque anglaise, eût offert l'image de la beauté parfaite, si ses lèvres n'eussent été trop développées, surtout la lèvre inférieure. Toutefois, ce défaut lui donnait un air de bonté, et, si l'on ose dire la pensée du peintre, un air de possibilité de passion qui ne parut point à dédaigner au jeune Werther. Dans une femme aussi belle, une seule chose le frappa, ce fut la coupe du front et de la base du nez : ce trait annonçait une dévotion profonde. Et, en effet, en descendant de voiture devant l'hôtel magnifique de l'amateur qui possédait le beau portrait par Mme de Mirbel, Féder trouva le moment de dire à Delangle :

— N'est-ce pas qu'elle est dévote ?

— Ma foi, mon ami, vous êtes aussi grand devineur que vous êtes grand peintre ! Ma sœur ! ma sœur ! s'écria Delangle, voilà Féder qui devine que tu es dévote, et le diable m'emporte si jamais je lui en ai soufflé mot. À Bordeaux, cette première qualité de dévotion a bien sa valeur, surtout réunie aux millions de Boissaux ; cela lui procure l'avantage de quêter dans les grandes circonstances. Je puis vous assurer, cher ami, qu'elle est à croquer avec sa bourse de velours rouge à glands d'or, qu'elle présente ouverte à tout le monde. C'est moi qui la lui ai donnée, à mon retour de Paris, il y a deux ans ; c'était mon troisième voyage. Son cavalier est un des ultras de notre ville, qui, ce jour-là, porte un habit à la française de velours épinglé, avec une épée. C'est superbe ! Il faut voir ce spectacle dans notre cathédrale de Saint-André, qui est la plus belle de France, quoique faite par les Anglais.

À ce discours véhément, Mme Boissaux rougit. Il y avait quelque chose de naïf dans sa façon de marcher et de se tenir dans les salons magnifiques que l'on parcourait ! Féder en fut tout interdit ; pendant un gros quart d'heure, il ne songea plus à jouer son rôle de Werther ; il devint pensif pour son propre compte, et M. Boissaux s'étant écrié avec l'air épais de la richesse provinciale : « Et si ma femme est dévote, que suis-je donc, moi ? » Féder ne trouva plus d'esprit pour se moquer de lui et jouir de son ridicule ; il répondit tout simplement.

— Un négociant fort riche, connu par ses heureuses spéculations.

— Eh bien, Monsieur Féder, voilà ce qui vous trompe ; je suis propriétaire de magnifiques vignobles, fils de riche propriétaire, et vous tâterez de mon vin, fait par mon père. Et ce n'est pas tout, je me tiens au courant de la littérature, et j'ai dans ma bibliothèque Victor Hugo magnifiquement relié.

Un tel propos ne fût pas resté sans réponse de la part de Féder en toute autre circonstance ;

mais il était occupé à regarder Mme Boissaux d'un air timide. Elle, de son côté, le regardait aussi avec une timidité qui n'était pas sans grâces, et en rougissant. Le fait est que cette charmante femme portait la timidité à un excès peu croyable ; son frère et son mari avaient été obligés de lui faire une scène pour la déterminer à venir voir quelques tableaux en compagnie d'un peintre qu'elle ne connaissait pas. S'il est permis de parler ainsi, elle se faisait un monstre de ce peintre, homme de premier mérite et chevalier de la Légion d'honneur. Son imagination s'était figuré une sorte de matamore, couvert de chaînes d'or, portant une longue barbe noire, et la toisant constamment de la tête aux pieds ; parlant toujours et fort haut, et lui disant même des choses embarrassantes.

Lorsqu'elle vit arriver un jeune homme mince, fort bien fait, vêtu de noir, portant sa montre attachée à un ruban de même couleur, et à son habit un ruban rouge presque imperceptible, et une barbe fort ordinaire, elle serra le bras de son mari, tant sa surprise fut grande.

— Mais ce n'est pas là ce peintre si célèbre ? lui dit-elle.

Et elle commençait à se rassurer, quand son frère vint à parler brutalement de cette épithète de dévote, qui présentait sa piété sous un jour défavorable. À peine si elle osa regarder le jeune peintre ; elle craignait de rencontrer le regard le plus moqueur. Cependant, rassurée par son air modeste et même triste, elle finit par oser lever les yeux. Quels ne furent pas sa joie et son étonnement en trouvant au jeune peintre un regard sérieux et presque ému ! L'extrême timidité, quand elle est réunie à l'esprit, porte à réfléchir avec toute la clairvoyance de la passion sur les moindres circonstances des choses, et augmente l'esprit. C'est ce qui arrivait à Valentine. À la suite du choléra, elle était restée orpheline de fort bonne heure, et elle avait été placée dans un couvent, qu'elle n'avait quitté que pour épouser M. Boissaux, qui lui semblait aussi singulier que son frère, mais dépourvu de la gaieté et de l'esprit qui rendaient agréable la société de ce dernier, quand il se modérait et ne songeait pas exclusivement à être aimable. Valentine fit rapidement une foule de réflexions sur ce grand peintre, qui se trouvait un être si différent de celui qu'elle s'était figuré. Alors ce fut avec peine qu'elle se souvint qu'il semblait ne pas désirer de faire son portrait. Il faut savoir que poser pour ce portrait, se soumettre si longtemps au regard scrutateur d'un inconnu, était pour elle une corvée épouvantable. La chose en était venue à ce point de sérieux, qu'elle avait eu besoin de se souvenir qu'elle avait juré devant l'autel de considérer son mari comme le maître absolu de toutes ses actions importantes pour qu'elle consentît à ce portrait. Son frère lui avait répété deux ou trois fois, et en exagérant beaucoup à chaque fois, les raisons que Féder lui avait données pour se faire préférer le grand artiste dont il a déjà été question.

Valentine fut agréablement et profondément surprise quand, arrivée à la comparaison des deux portraits, elle vit faiblir toutes les raisons que Féder avait pour se dispenser de faire son portrait : il ne put moins faire que de les répéter, puisque la veille il les avait mises en avant, en parlant à Delangle. Valentine remarqua, avec la finesse naturelle à une femme d'esprit, quelque peu d'expérience que le hasard lui eût encore donné, que Féder, en comparant le portrait qui était son ouvrage avec le chef-d'œuvre qu'on était venu voir, devenait un tout autre homme. Cette lèvre inférieure trop avancée était assurément une faute contre la beauté, et Féder la sentait vivement ; mais elle annonçait une certaine possibilité d'aimer avec passion, à laquelle, je ne sais pourquoi, il se trouvait extrêmement sensible en ce moment. Il fut saisi d'un désir immodéré de faire le portrait de Valentine ; il fallait, pour y parvenir, tenir à Delangle un langage absolument opposé à celui de la veille. Delangle n'était pas homme à modérer la plaisanterie. S'il s'apercevait de cette variation dans l'opinion de Féder, il était homme à s'écrier : « Ma foi, ma sœur, rendons-en grâces à tes beaux yeux ; ils viennent de changer la résolution du grand peintre » ; et cette phrase, vingt fois répétée avec une voix de stentor et variée de toutes les façons, eût été pour Féder un supplice horrible. Il fallait donc se laisser convaincre par les raisons de Delangle, et, si l'on désertait son opinion de la veille, du moins exécuter cette manœuvre, si peu rare en notre siècle, avec toute l'adresse du député le plus maître de sa parole. Surtout il ne fallait point laisser deviner que réellement on mettait un prix infini à faire ce portrait. Féder eut un instant besoin de tout son esprit pour changer d'opinion aussi rapidement et sans ridicule. Dans cette manœuvre, il oublia son rôle de Werther. Valentine vit ce changement au moment où il avait lieu : elle resta profondément étonnée. Le coup d'œil attentif de Delangle devenait menaçant. Ce que notre héros trouva de moins plat fut de dire qu'une certaine expression de piété et de pureté angélique qu'il trouvait dans la personne dont il s'agissait de faire le portrait l'emportait sur la paresse... ; il fallait bien l'avouer, la paresse avait été le motif unique de ses refus de la veille. Dans ce moment-ci, il se trouvait fatigué du grand nombre de portraits qu'il avait eu à faire après l'exposition ; mais il avait le projet de faire cadeau d'un tableau représentant la Madone à un couvent de la *Visitation* auquel il avait des obligations.

— Eh, Monsieur, quel est ce couvent ? reprit Valentine.

Ce fut le premier mot qu'elle prononça avec quelque assurance. Elle connaissait le nom de tous les couvents de cet ordre, d'après la carte géographique, magnifiquement illuminée, qui est exposée dans le réfectoire du couvent où elle avait été élevée.

À cette question, si imprévue, de la jeune fille timide, notre peintre fut sur le point d'être pris *sans vert*; il répondait à Mme Boissaux que, dans peu de jours sans doute, il pourrait lui faire connaître le nom de ce couvent; mais que, dans ce moment, le secret ne lui appartenait pas en entier. En entendant cette réponse, Mme Boissaux fut sensible surtout au consentement de faire son portrait, qu'elle y voyait, consentement qu'elle avait craint de ne pas obtenir. Car, autant il lui semblait désagréable de s'exposer aux regards d'un homme qu'elle ne connaissait pas pour avoir un portrait, autant il lui semblait simple, depuis un instant, de voir faire ce portrait par le grand peintre, si modeste et si simple, avec lequel elle s'entretenait. Tel est l'avantage des caractères naturels : si quelquefois ils font commettre d'effroyables gaucheries; si, dans le grand monde, ils entraînent la perte presque certaine de l'être qui les possède, leur influence, d'un autre côté, est décisive et rapide sur les caractères qui leur ressemblent. Or rien n'était plus naïf et plus naturel que le caractère de la jeune Valentine toutes les fois qu'une timidité invincible ne lui fermait pas la bouche.

La visite au chef-d'œuvre de la miniature moderne se termina très froidement, du moins en apparence, de la part de Féder et de Valentine. Féder était étonné de ce qu'il éprouvait, et d'ailleurs songeait, à chaque instant, au rôle difficile qu'il s'était imposé en acceptant à l'improviste, vis-à-vis de Delangle, un travail que la veille il avait refusé avec une conviction si énergique. Valentine, de son côté, était plongée dans un étonnement qu'elle était loin de s'expliquer. Au fond, elle ne concevait pas qu'il pût y avoir à Paris des êtres aussi simples et, en apparence, cherchant aussi peu à être aimables et à occuper l'attention que celui qui s'emparait si entièrement de la sienne depuis quelques instants.

Le lecteur, s'il est de Paris, ne sait peut-être pas qu'en province ce qu'on appelle être aimable, c'est de s'emparer exclusivement de la conversation, parler fort haut, et raconter une suite d'anecdotes remplies de faits improbables autant que de sentiments exagérés, et dont, par surcroît de ridicule, le narrateur se fait toujours le héros. Valentine se disait, avec toute la naïveté du couvent : « Mais ce M. Féder est-il aimable ? » Elle ne pouvait séparer cette qualité d'aimable de la circonstance de parler d'une voix forte et du ton d'un homme qui pérore, par exemple. C'était une condition de l'amabilité à cent lieues de Paris, dont M. Boissaux son mari, et son frère, M. Delangle, s'acquittaient parfaitement en cet instant; ils criaient tous deux à tue-tête, et à chaque moment parlaient tous les deux à la fois ; ils disputaient sur la peinture, et, comme ni l'un ni l'autre ne possédait la moindre idée nette sur cet art, l'énergie de leurs poumons suppléait largement à ce qui manquait à la clarté de leurs idées.

Féder et Valentine se regardaient sans prêter la moindre attention à cette discussion savante, avec cette différence pourtant que Valentine, qui croyait encore tout ce qu'on lui avait dit au couvent et tout ce qu'elle entendait répéter dans la société de province, la croyait sublime, tandis que Féder se disait : « Si j'avais la sottise de m'attacher à cette femme-là, voilà cependant un échantillon des cris qui, soir et matin, viendraient me briser les oreilles. » Quant à Boissaux et à Delangle, ils furent tellement charmés de l'attention profonde que semblait prêter à leur discussion sur la peinture Féder, un homme décoré, que, tous deux parlant à la fois et *exhalant le cri du cœur*, d'une voix formidable, ils l'invitèrent à dîner.

Féder, exprimant aussi sa sensation sans y réfléchir, et se laissant mener par l'affreuse douleur de ses oreilles, refusa le dîner avec une énergie qui eût été offensante pour tout autre que les deux Gascons, si sûrs de leur mérite. Féder fut étonné lui-même de la vivacité de son accent et, craignant d'avoir pu offenser Mme Boissaux, chez laquelle il soupçonnait plus de tact, se hâta de donner une foule de bonnes raisons que Valentine accueillit avec une froideur parfaite. Son âme était tout occupée à examiner cette question : « Ce M. Féder est-il un homme aimable ? » et, comme il ne racontait point des anecdotes d'une énergie frappante, avec une voix de stentor, elle concluait qu'il n'était point aimable, et, sans qu'elle pût s'en expliquer la cause, cette conclusion lui faisait un plaisir sensible. Sans trop savoir pourquoi, son instinct de jeune fille redoutait ce jeune homme qui avait un teint si pâle, une voix si modeste, mais des yeux si parlants, malgré leur modestie. Sa poitrine fut soulagée d'un grand poids quand elle le vit refuser le dîner. Seulement elle fut étonnée de l'énergie du refus ; mais elle n'eut pas le temps de s'arrêter à l'examen de cette circonstance ; toute son âme était occupée à résoudre cette question assez embarrassante : « Si Féder n'est pas un homme aimable, qu'est-il donc ? Faut-il le ranger dans la classe des ennuyeux ? » Or elle avait trop d'esprit pour répondre affirmativement à cette seconde question.

Tout le reste de la journée fut par elle employé à l'examiner. Le soir, au spectacle, car tous les jours la femme de M. Boissaux, vice-président du tribunal de commerce, devait subir le spectacle, elle eut un moment de plaisir ; un acteur aimable, qui remplissait le rôle d'amoureux dans une pièce de M. Scribe, lui sembla, à un certain moment, avoir tout à fait le ton et la manière d'être de Féder. Valentine, sortie à dix-neuf ans seulement du couvent, où l'on dit tant de choses ennuyeuses, en avait rapporté l'heureuse faculté de ne faire pas la moindre attention à ce qu'on disait autour d'elle. Cependant, dans la voiture, au retour du spectacle, comme on allait, suivant les lois du *decorum*, prendre des glaces chez Tortoni, elle entendit prononcer le nom de Féder et tressaillit ; c'était son mari qui disait :

— Ce sera soixante beaux napoléons que va me coûter ce portrait par un *fameux* de la capitale ; il est vrai qu'il me fera honneur à Bordeaux ; il faudra que vous me rendiez le service, vous qui êtes son ami, de l'engager à y mettre son nom, en lettres bien visibles ; il ne faut pas que ce diable de nom, si cher, aille ensuite être caché par la bordure. Est-ce que depuis qu'il est membre de la Légion d'honneur, il ne peint pas une petite croix après son nom, comme on le voit dans l'*Almanach royal*? S'il l'a jamais fait, ne manquez pas de l'engager à mettre cette petite croix dans notre tableau. Ces diables de peintres ont leurs rubriques ; cette petite croix peut doubler la valeur de notre portrait, et, d'ailleurs, elle prouverait bien qu'il est de lui.

Cette recommandation ne se borna pas à ce peu de mots : elle s'étendit encore en deux ou trois phrases qui procurèrent un vif plaisir à Delangle. Il se disait : « Ce que c'est pourtant que ces provinciaux ! En voilà un qui jouit d'une belle fortune. Là-bas il est honoré, considéré, et ici il bat la campagne. Une petite croix à la suite du nom du peintre ! Grand Dieu ! que dirait *le Charivari*? »

Depuis plusieurs années Delangle passait la moitié de son temps à Paris ; tout à coup il s'écria :

— Mais, au milieu de toute cette belle discussion pour vaincre les répugnances de Féder, et l'engager à s'occuper de notre portrait, nous avons oublié l'essentiel : Valentine, avec ses idées de couvent, va éprouver de la répugnance, j'en suis convaincu, à aller à son atelier de la rue Fontaine-Saint-Georges.

— Quoi ! il faudra aller chez monsieur Féder ? s'écria Valentine déjà troublée.

— D'abord, ce n'est pas *chez lui*, et l'endroit où ton mari te conduira est à un quart de lieue de l'appartement qu'il habite ; c'est un amour d'atelier ; de ta vie tu n'auras vu rien de semblable ; mais Boissaux et moi nous avons des affaires, je veux lui faire gagner les frais de son voyage à Paris, et ces longues séances dans l'atelier d'un peintre sont du temps perdu.

— Comment ! s'écria Boissaux, avec mon déboursé de soixante beaux napoléons, il faudra encore que moi, Jean-Thomas Boissaux, vice-président du tribunal de commerce, j'aille perdre mon temps chez ce petit peintre !

Valentine fut vivement choquée de cette façon de parler de M. Féder. Delangle répondit durement à son beau-frère :

— Et d'où diable sortez-vous ? Il a refusé de se transporter chez la princesse N..., et il s'agissait d'un grand portrait compliqué, qui eût été payé peut-être quatre mille francs ; toutes les dames les plus huppées vont dans son atelier ; il a même une remise couverte, au fond de sa cour, pour abriter les chevaux de prix qui attendent. Mais n'importe, c'est un original comme tous les hommes de génie, et il a de l'amitié pour moi : c'est une question que je peux hasarder ; mais prenez garde, mon cher beau-frère, n'allez pas lui adresser quelqu'un de vos mots légers et qui peuvent sembler durs, ou bien faire une plaisanterie ; il nous échappe, et nous ne tenons rien.

— Quoi, morbleu ! un homme comme moi, Jean-Thomas Boissaux, je serai obligé de m'observer en parlant à un *rapin* !

— Eh bien ! ne voilà-t-il pas déjà vos mots durs et méprisants ! Cela peut être de mise à Bordeaux, où tout le monde, jusqu'au dernier gamin de la rue, connaît vos trois millions ; mais persuadez-vous bien qu'à Paris, où personne ne connaît personne, on ne juge les gens que par l'habit, et permettez-moi de vous le dire, le sien a un ornement que le vôtre ne possède pas encore, monsieur le vice-président du tribunal de commerce.

— Allez, poussez, dites-moi des choses désagréables, cher beau-frère ! Pour moi, je ne conçois pas que l'on donne la croix à des va-nu-pieds. Si c'est ainsi que le gouvernement veut fonder une aristocratie, l'on se trompe du tout au tout ; il faut d'abord inspirer au peuple un respect inné pour les possesseurs du sol... Et, d'ailleurs, vous êtes une girouette ; hier, pas plus anciennement que ça, hier vous étiez choqué comme moi de l'insolence des ouvriers de Paris.

CHAPITRE III

Cette discussion ennuyeuse, n'était qu'une fade et grossière répétition de ce qui se passe tous les jours dans les salons les plus distingués de Paris ; on voit les gens qui portent les plus grands noms donner à leur petite vanité personnelle le masque de la haute sagesse législative. Cette exhibition d'hypocrisie eût duré encore bien longtemps ; mais heureusement la voiture s'arrêta devant Tortoni. Mme Boissaux, tout entière à ses pensées, ne voulait pas descendre.

— Et pourquoi cela ? s'écria avec humeur le vice-président du tribunal de commerce.

Valentine chercha un prétexte :

— Mon chapeau n'a pas de fraîcheur.

— Eh ! morbleu ! jetez-le par la fenêtre, votre chapeau, et achetez-en deux autres ; qu'est-ce que ça me fait à moi de dépenser à ce voyage vingt mille deux cents ou vingt mille quatre cents francs ? J'ai une jolie femme, et je veux m'en faire honneur; c'est une partie du luxe d'un homme tel que moi.

Valentine descendit de voiture, et prit le bras de son frère.

Féder avait deviné les allures du provincial, orné de trois millions, qui vient exposer à Paris sa femme et les produits de ses manufactures; il s'était mêlé à ses amis les gens à argent, qui le soir comme à midi, obstruent l'entrée de Tortoni. Une fois hors de la présence de Valentine, il avait trouvé que la voix criarde de son mari et ses abominables discussions avec Delangle étaient compensées par les regards si naïfs de la jeune femme, et par cet air d'intérêt si vif qu'elle avait lorsqu'on l'amusait. Féder, qui avait refusé le dîner avec tant de résolution, se disait deux heures plus tard : « Il faut que je devine cette petite femme; ce sera l'affaire de trois jours! après quoi je fuirai comme la peste et son affreux mari et son frère; la satisfaction de cette curiosité me délassera un peu des grâces minaudières de mon atelier et de ces éternelles petites filles, prétendues gentilles, que je fais danser le dimanche dans mon costume de clerc de procureur. »

Deux heures après, Valentine inspirait à Féder une sorte de terreur, qu'à la vérité il ne s'avouait pas encore à lui-même. « Certainement, se disait-il, je ne m'attacherai pas à cette petite pensionnaire, à peine échappée du couvent, et qui, dès que nous aurons échangé les premières politesses, va m'accabler de toutes les niaiseries, souvent méchantes au fond, dont les religieuses farcissent la tête de leurs élèves. Certes, je ne m'amuserai pas à défricher le terrain et à déraciner toutes ses sottises; ce serait là travailler pour mon successeur, quelque brillant courtier de vins à Bordeaux. D'ailleurs, il y a ce mari, avec son effroyable voix de basse, qui me brise le tympan et agit sur mes nerfs. Malgré moi, dans la conversation, j'attends le retour de cette détestable voix. Avec mes petites filles du dimanche, je n'ai point à subir la voix des maris; leurs sentiments sont vulgaires, il est vrai; ces pauvres petites réfléchissent beaucoup sur le prix du chapeau, ou la composition du déjeuner; cela m'ennuie, mais ne me révolte pas, tandis que j'ai envie de me fâcher quand je vois paraître la fierté grossière et l'orgueil impérieux de ces deux provinciaux enrichis. Il faut que je compte, à la première entrevue, combien de fois le mari répétera avec emphase : "Moi, Jean-Thomas Boissaux, vice-président du tribunal de commerce." Ce serait une chose curieuse que de surprendre cet être-là au milieu de ses commis! Au moins, les enrichis de Paris cachent un peu leur vanité et prennent sur eux de modérer l'éclat de leur voix... Oui, avec un tel mari, la belle Valentine a beau avoir une physionomie charmante, elle est inattaquable pour moi. L'amabilité du mari remplace fort bien ces gardiens, arrangés dans leur enfance, auxquels les

Turcs confient la garde de leurs harems ; et, enfin, les sottises que va me débiter la petite femme, lorsqu'elle arrivera dans mon atelier, souffleront bientôt sur tous ces châteaux en Espagne, que mon imagination bâtit sur sa physionomie. Au fait, il n'y a que deux choses remarquables et dont la première encore ne peut pas être rendue par la peinture ; c'est le mouvement de ses yeux qui, quelquefois, a de la profondeur et qui donne à ses paroles une tout autre portée que celle qu'on y verrait d'abord ; c'est une harmonie à la Mozart, mise sous un chant vulgaire. L'autre genre de beauté de cette charmante, c'est la beauté tranquille et même sévère des traits du visage, et surtout du contour du front, avec la profonde volupté des contours de la bouche et surtout de ceux de la lèvre inférieure. Non seulement je ferai pour moi une copie de ce portrait, mais encore je veux me jeter aux pieds d'Eugène Delacroix, pour qu'il se place derrière un paravent, dans un coin de mon atelier, et me fasse une étude de cette tête : cela pourrait lui servir pour une *Cléopâtre*, prise dans un sens différent de celle qu'il vient de nous donner à la dernière exposition. Parbleu, j'étais un grand sot d'avoir des craintes ; je ne m'attache point à cette petite femme si bien défendue par les grâces de son mari ; je rends justice à un modèle singulier que le hasard jette dans mon atelier. »

Absorbé dans ces belles réflexions, Féder

n'avait point pris garde à la voiture de remise qui s'arrêtait devant Tortoni ; son œil de peintre fut attiré par la taille admirable d'une jeune femme qui montait légèrement le perron de ce café ; puis, son regard arrivant au chapeau, son cœur battit et sa physionomie changea ; ses yeux avides se portèrent sur l'homme qui lui donnait le bras. C'était bien cet être énorme, haut de cinq pieds six pouces et gros plus qu'à proportion, qui avait l'honneur d'être vice-président du tribunal de commerce. Alors, il reporta sa vue avec délices sur la jeune femme qui s'avançait dans le café, et montait l'escalier du fond, pour aller aux salons du premier étage. Il trouva à sa démarche et à sa taille des grâces ravissantes et qu'il n'avait point aperçues lorsqu'il la regardait sans la reconnaître ; il se sentit tout joyeux.

« Cette provinciale me rajeunit. » Ce mot avait déjà une grande signification pour notre peintre, et pourtant il n'avait pas encore vingt-six ans ; mais c'est à ce prix que l'on achète les succès étonnants dans les arts et la littérature. Ces comédies de toutes les espèces qu'il avait jouées avec distinction sous la direction de la savante Rosalinde avaient vieilli son caractère et même un peu fané ses traits. Jamais le pauvre homme ne se livrait au moindre geste, jamais il ne se levait de sa chaise au boulevard, pour prendre le bras d'un ami qui passait, sans se demander, par un calcul soudain, il est vrai, mais qui enfin, était devenu habituel : « Cela est-il convenable ? » Pour la première fois, peut-être, depuis que Rosalinde avait repétri son caractère, il ne se fit point cette question en montant deux à deux les marches de l'escalier de Tortoni pour courir après cette taille charmante qu'il n'avait fait qu'entrevoir. Valentine était allée se placer à une table reculée, dans le coin d'un salon. « Quelle nécessité de subir la voix des hommes ? » dit Féder en s'emparant d'une place de laquelle il voyait parfaitement la jeune provinciale, tandis que lui-même était presque tout à fait caché par les chapeaux de deux dames placées près de lui. Il était plongé dans une rêverie profonde ; il souriait mélancoliquement à ses pensées ; il se disait : « C'est ainsi que j'étais il y a huit ans, quand je poursuivais le pauvre *Petit matelot* ! » Lorsqu'il fut réveillé par une voix puissante, s'écriant tout près de son oreille :

— Eh bien, notre ami !

En même temps, une grosse main s'appuyait sur son épaule.

Ce propos sonore fit faire un mouvement à tous les chapeaux de femme qui se trouvaient dans le salon. C'était M. Boissaux qui voulait faire une politesse à l'ami Féder, comme il l'appelait. Féder s'approcha en riant de la table où Valentine était placée ; mais bientôt l'air riant fut remplacé, à son insu, par celui d'une attention sérieuse et profonde ; il examinait la figure de Valentine, qu'il avait quittée il y avait seulement quelques heures ; il lui semblait presque ne la plus reconnaître, tant il avait tiré de conséquences hasardées de chacun des traits qui la composaient. Il était occupé à détruire ou à approuver chacune de ces conséquences, tandis que Delangle lui adressait une énorme quantité de phrases amicales, qui évidemment devaient former la préface de quelque proposition singulière. « Il sera temps de m'en occuper, se dit Féder, quand il s'expliquera nettement. » En attendant, en observant la physionomie de Valentine avec le coup d'œil exercé d'un peintre de portraits, il en prenait peur ; son front, surtout, avait un certain contour que l'on trouve quelquefois dans les statues antiques et qui est presque toujours un signe certain de l'inflexibilité dans quelque mesure une fois adoptée.

« Son frère m'a dit qu'elle est dévote ; si je lui laisse deviner que je la trouve jolie, elle est capable de m'interdire sa présence et de se tenir ensuite à cet arrêt. » Cette rêverie, quoique tendant à inspirer de la peur, était charmante et surtout bien nouvelle pour Féder ; il en fut tiré par la proposition nette et précise de venir faire le portrait de Valentine (ce fut le mot qu'employa Delangle) dans l'hôtel de la Terrasse, qu'elle habitait. Cette façon intime de parler eut un tel charme pour Féder, que d'abord il consentit. Mais, un instant après, il eut la prudence de faire naître mille difficultés ; son but était de faire parler Valentine ; mais elle, de son côté, l'examinait fort attentivement, et il ne put en tirer que des monosyllabes. Féder était tellement absorbé par de certains détails dont il ne pouvait parler, qu'il lui arriva, en se défendant d'aller faire le portrait hors de son atelier, de dire deux ou trois absurdités qui n'échappèrent point à Delangle ; il se pencha vers sa sœur et lui dit :

— Évidemment il est préoccupé, il y a dans ce salon quelqu'une de ses belles.

Aussitôt l'œil curieux de la jeune provinciale analysa les figures de chacune des femmes qui étaient présentes. L'une d'elles, qui avait de grands traits et une taille fort avantageuse, suivait tous les mouvements de notre héros avec des regards singuliers. C'était tout simplement une princesse allemande dont Féder avait fait le portrait, et qui était choquée de l'habitude qu'il avait de ne jamais saluer ses modèles, même ceux qui avaient daigné avoir avec lui la conversation la plus particulière.

Enfin, après un plaidoyer de plus de trois quarts d'heure, dont la voix criarde des deux provinciaux donna l'agrément à tout ce qui était chez Tortoni, et qui fit de cette conversation une sorte de *puff*[1] pour Féder, il fut convenu que MM. Boissaux et Delangle répondraient à toutes les personnes qui leur parleraient de ce portrait qu'il était le résultat d'un pari ; ce qui expliquerait d'une manière suffisante la singulière déter-

1. En anglais : réclame tapageuse.

mination prise par Féder d'aller y travailler hors de son atelier.

— Mais j'oubliais, s'écria Féder, qui, tout à coup se souvint de ses projets sur la complaisance de l'aimable Eugène Delacroix : j'ai un jeune peintre qui a peut-être du génie, mais que, par compensation, le hasard a chargé du soin de faire vivre une mère et quatre sœurs ; je me suis juré à moi-même de lui donner des leçons gratuites à certains jours désignés d'avance de la semaine ; ces jours-là il vient travailler modestement dans un coin de l'atelier et tous les quarts d'heure je donne un coup d'œil à ce qu'il fait. Il est fort silencieux, fort discret, et je vous demanderai de l'introduire dans un coin du salon où j'aurais l'honneur de peindre madame.

La première séance eut lieu le lendemain ; ni le peintre ni le modèle n'avaient envie de parler ; ils avaient un prétexte pour se regarder et en usèrent largement. Féder refusa encore le dîner du riche provincial, mais il y avait le soir une pièce nouvelle à l'Opéra, et il accepta une place dans la loge de Mme Boissaux.

Au second acte de la pièce, où l'on s'ennuyait, comme on s'ennuie à l'opéra, c'est-à-dire au-delà de toute patience humaine, surtout pour les êtres qui ont quelque esprit et quelque délicatesse d'imagination, peu à peu Féder et Valentine se mirent à se parler, et bientôt leur conversation eut toute la volubilité et tout le naturel d'une ancienne connaissance. Ils se coupaient la parole et se donnaient des démentis fort peu déguisés par la forme du discours. Heureusement le mari et Delangle n'étaient pas gens à deviner que si les deux interlocuteurs se ménageaient si peu, c'est qu'ils étaient sûrs l'un de l'autre. Sans doute, si Valentine avait eu le moindre usage, elle n'eût pas laissé prendre à une connaissance de trois jours un ton d'intimité pareil ; mais toute son expérience de la vie se bornait aux visites qu'elle avait faites aux parents de son mari, et à celle qu'elle avait pu acquérir en faisant les honneurs d'une douzaine de grands dîners et de deux grands bals, que M. Boissaux avait donnés depuis son mariage.

À la seconde séance, la conversation était fort animée et remplie du naturel le plus parfait. Delangle et Boissaux entraient et sortaient à chaque instant dans la chambre à coucher de Valentine, qui avait été choisie pour faire fonction d'atelier, comme étant la seule pièce de l'appartement dont la fenêtre donnait au nord, et dont, par conséquent, la lumière fût toujours la même.

— Mais à propos, dit Valentine à son peintre, d'où vient que vous avez changé d'opinion sur l'article de l'atelier, et consenti à venir faire mon portrait chez moi ?

— C'est que, tout à coup, je me suis aperçu que je vous aimais.

Ce ne fut qu'en arrivant à la seconde moitié

de cette étrange réponse que Féder sentit tout ce qu'il hasardait.

« Eh bien, soit ! se dit-il, elle va appeler son mari, qui ne nous quittera plus, et l'amabilité du personnage me guérira d'une fantaisie ridicule et qui me prépare du chagrin pour l'époque fort rapprochée où elle va quitter Paris. »

En entendant cet étrange propos, dit avec un accent vrai et tendre et avec une voix pleine et libre, comme si Féder eût répondu à la question : « Allez-vous demain à la campagne ? » le premier moment chez Valentine fut d'émotion et d'extrême bonheur ; elle regardait Féder avec des yeux extrêmement ouverts et qui ne laissaient échapper aucun détail de l'expression de sa physionomie. Puis ses yeux se baissèrent subitement et trahirent un mouvement de colère. « De quel ton, se dit-elle, il me parle d'un sentiment qui, de sa part, est une insolence ! Il faut donc que ma conduite ait été bien légère à ses yeux, pour qu'il ait pu former le projet de me faire un tel aveu ! *Former le projet !* Non », se dit-elle. Mais, elle passa rapidement sur ce motif d'excuse pour songer à la réponse qu'il fallait faire.

— Qu'un tel propos ne se renouvelle jamais, Monsieur, ou je suis saisie d'une maladie soudaine, que votre insolence, du reste, est bien capable de me donner, et je ne vous reverrai jamais ; le portrait en restera là. Et désormais faites-moi l'honneur de ne m'adresser la parole que pour les choses absolument indispensables.

En prononçant ces derniers mots, Valentine se leva et s'approcha de la cheminée, pour sonner sa femme de chambre, qu'elle aurait chargée d'aller appeler M. Boissaux, ou Delangle, son frère, avec lesquels elle aurait parlé de quelque petit voyage à faire dans les environs de Paris. Sa main avait déjà saisi le ruban de la sonnette. « Mais non, se dit-elle, ils verraient quelque chose dans mes yeux. » Elle reculait déjà devant le projet de rompre absolument avec Féder.

Celui-ci, de son côté, était bien tenté de prendre la balle au bond. « Quelle excellente manière, se disait-il, de rompre avec cette jeune femme ! Il n'est pas impossible que je sois le premier homme qui l'attaque ; alors toute sa vie elle se souviendra de ce portrait, laissé non fini. » Féder pensait vite comme toutes les âmes ardentes ; il fut violemment tenté de continuer à parler d'amour et de se faire chasser. Il cherchait déjà une phrase qui pût laisser un souvenir frappant dans le cœur de cette jeune femme et y devenir le motif de conséquences infinies ; son œil la suivait près de la cheminée ; il regardait si elle oserait sonner, tout en cherchant sa phrase d'une emphase sublime. Elle se tourna un peu, et il la vit en profil ; il n'était accoutumé à sa figure que vue de face ou de trois quarts.

« Quel contour admirable et fin a ce nez-là ! se

dit son esprit de peintre ; mais quelle âme étonnante et capable d'aimer infiniment annonce cette physionomie-là ! ajouta bientôt son cœur d'amant. Certainement ma phrase lui laissera un long souvenir ; mais je perds l'occasion de la voir, et qui me dit qu'après-demain je n'en serai pas très fâché ? En ce cas, se dit-il, il faut me jeter aux pieds de sa vanité, qui peut trouver que je l'ai traitée bien légèrement et comme jouant à pair ou impair le danger de me faire fermer sa porte. »

— Je suis au désespoir, Madame, et je vous demande pardon du fond de l'âme le plus humblement possible de cette indiscrétion.

À ces mots, Valentine se retourna tout à fait vers lui, et sa figure exprima peu à peu la joie la plus vive ; elle était délivrée de la vue de cette idée affreuse : être obligée de chasser Féder, ou, du moins, ne plus lui parler qu'en présence de M. Boissaux ou d'une femme de chambre. « Avec quelle promptitude, se dit Féder, sa physionomie prend la teinte de tous les sentiments de son cœur ! Ce n'est certes point la bêtise provinciale, à laquelle je m'attendais. Mes excuses, adressées à la vanité, réussissent : doublons la dose. »

— Madame, s'écria-t-il de l'air le plus repentant, si je ne craignais que mon geste ne fût mal interprété et ne ressemblât à une hardiesse qui est si loin de mon cœur tremblant, je me jetterais à vos pieds pour vous demander pardon de l'abominable propos qui m'est échappé ; mon attention était entièrement absorbée par mon travail, et, en faisant la conversation avec vous, je pensais tout haut ; et, sans y songer, j'ai laissé arriver jusqu'à mes lèvres un sentiment dont la manifestation m'est interdite. Daignez, de grâce, oublier des paroles qui jamais n'auraient dû être prononcées et dont je vous demande de nouveau très humblement pardon.

Nous avons dit que Valentine n'avait aucune expérience de la vie ; elle avait de plus ce malheur qui rend une femme si séduisante : ses yeux et le contour de sa bouche exprimaient à l'instant tout ce que son âme venait à sentir. En ce moment, par exemple, ses traits exprimèrent toute la joie d'une réconciliation ; ce fait si singulier n'échappa point au regard connaisseur de Féder ; sa joie fut extrême. « Non seulement, mon aveu est fait, se dit-il, mais encore elle m'aime, ou, du moins, comme ami, je suis nécessaire à son bonheur en la consolant de la grossièreté de son mari ; donc elle aperçoit cette grossièreté ; c'était là une chose immense à découvrir. Donc, ajouta-t-il avec la joie la plus vive, je ne dois point la mépriser pour l'abominable et sotte grossièreté qui me choque chez ce colosse provincial. Elle ne partage pas les ridicules que lui inspire la conscience de sa richesse et de la supériorité qu'il usurpe sur les autres. Ma joie est extrême ; il faut, se dit Féder, que j'en profite auprès d'elle. »

— Je serais hors de moi de bonheur, Madame, dit-il à Valentine, si un seul instant je pouvais espérer que vous voudrez bien oublier l'énorme sottise qui m'a fait penser tout haut.

En employant ce dernier mot, Féder comptait un peu trop sur la simplicité provinciale de son modèle ; mais il se trompait. Valentine avait du cœur ; elle fronça le sourcil, et lui dit avec assez de fermeté :

— Brisons là, je vous prie, Monsieur.

CHAPITRE IV

Féder obéit à l'instant.

— De grâce, Madame, veuillez vous placer un peu plus à droite, le bras qui s'appuie sur le fauteuil un peu plus vers moi, la tête moins penchée en avant. Vous vous êtes un peu éloignée de la position dans laquelle le portrait a été commencé.

La rectification de la position fut opérée, non sans quelques petites mines de froideur de la part de Valentine. Après quoi, les amants tombèrent, peu à peu, dans un silence délicieux et qui ne fut interrompu, de temps en temps, que par ces mots de Féder :

— Madame, daignez me regarder.

Sans hésiter, Féder accepta le dîner auquel il

fut invité ; il accepta de même une place dans une loge au spectacle ; mais il trouva le temps de dire à Delangle :

— J'avais la faiblesse de compter sur une place qui va se trouver vacante à l'Institut ; un ami avait eu le soin de placer un locataire dans une chambre au sixième étage de la maison dont le membre de l'Académie, qui est fort malade, occupe le second ; eh bien, ce soir je n'ai pas à me plaindre de l'académicien, il est au plus mal ; mais deux de ses collègues, qui avaient promis leur voix à la personne qui me protège, semblent pencher pour mon rival, qui se trouve un peu parent du ministre des Finances nommé hier.

— Ceci est une chose infâme ! s'écria Delangle avec sa plus grosse voix et l'accent de la colère.

« Et pourquoi infâme, butor ? se dit Féder. Mais maintenant je puis être rêveur et silencieux tant qu'il me plaira, ma tristesse sera mise sur le compte de la place manquée à l'Institut. » Et il retomba dans le bonheur suprême d'admirer Valentine.

Un instant après, Féder entendit Boissaux qui disait à son beau-frère, avec l'accent de l'envie la plus ridicule :

— Peste, chevalier de la Légion d'honneur et membre de l'Institut dans la même année ! le monsieur n'y va pas de main morte !

Le vice-président du tribunal de commerce

croyait parler à voix basse ; mais la réflexion du colosse provincial ne fut point perdue pour les loges voisines. Il ajouta après deux ou trois minutes :

— Il est vrai que ses portraits, étant d'un membre de l'Institut, feront plus d'honneur aux gens qui en auront !

Valentine ne parlait pas plus que Féder ; ses regards et sa voix, profondément émus, trahissaient une vive préoccupation. Malgré les désaveux si expressifs qui avaient suivi l'offense de si près, depuis la veille Valentine se répétait ces convictions charmantes : « Il ne m'a point dit qu'il m'aimait par présomption, encore moins par insolence, le pauvre garçon ; il me l'a dit parce que c'est vrai. » Mais alors apparaissaient à ses yeux les désaveux si énergiques du peintre, et le jugement qu'il fallait en porter venait occuper toute l'attention de la jeune femme.

Au milieu des battements précipités de son cœur, les doutes légers qui lui restaient encore l'empêchaient de s'indigner de cette chose terrible qu'en style de province on appelle une *déclaration.* Alors il vint à Valentine une extrême curiosité de connaître l'histoire de Féder. Elle se rappelait que, dans les premiers moments où son frère lui avait parlé de faire faire son portrait, il lui avait dit ces propres mots : « Un jeune peintre d'un talent pyramidal, qui a à l'Opéra les succès les plus magnifiques ! » Mais elle n'osait plus remettre Delangle sur ce sujet et lui demander de nouveaux détails. Valentine cherchait sans cesse la société de son frère ; elle devint adroite, en rêvant constamment aux moyens les plus adroits de le remettre sur l'histoire des bonnes fortunes du jeune peintre. M. Boissaux mourait d'envie de prendre une loge pour deux mois à l'Opéra. Cela fait, il donnerait un grand dîner, le vendredi, à tous les gens de sa province qui se trouveraient à Paris ; puis les quitterait fièrement à huit heures en leur disant : « J'ai un rendez-vous d'affaires *dans ma loge à l'Opéra.* » Valentine, qui, subitement, s'était prise de passion pour l'Opéra, dit à son mari :

— Rien ne m'irrite comme la sotte supériorité que les gens qui jouissent d'une certaine fortune à Paris s'arrogent sur nous autres, qui sommes nés à deux cents lieues de la capitale et qui les valons bien sous tous les rapports. Il me semble qu'il n'y a que deux moyens de prendre rang au milieu de cette aristocratie insolente : il faut acheter une terre dans un canton où se trouvent quelques belles maisons de receveurs généraux ou de riches banquiers ; ou bien, à défaut de terre, il faut du moins avoir une loge à l'Opéra. Rien ne me semble, à mon avis, nous ravaler davantage que cette nécessité de changer de loge à toutes les représentations.

Pour la première fois de sa vie, Valentine se moquait sciemment de son mari, ou du moins employait pour le persuader des tournures de phrases qu'elle trouvait ridicules. C'est qu'elle désirait passionnément avoir une loge ; elle comptait y attirer plusieurs Bordelais de ses amis, que l'amour de la danse conduisait chaque jour à l'Opéra, et, la discrétion n'étant pas la vertu dominante de ces messieurs nés en Gascogne, elle espérait avoir quelques détails précis sur les succès de Féder.

— Enfin, lui dit son mari en lui prenant le bras avec amitié ; vous comprenez quel doit être le genre de vie d'un homme tel que moi ; puisque nous avons de la fortune, pourquoi le *vice-président du tribunal de commerce* ne serait-il pas député ? Portal, Lainé, Ravez, Martignac, etc., etc., ont-ils autrement commencé ? Vous avez pu remarquer que, dans les dîners que nous donnons, je m'exerce à prendre la parole. Au fond, je suis pour le gouvernement absolu ; c'est le seul qui donne ces belles périodes de tranquillité pendant lesquelles nous avons le temps, nous autres gens positifs, d'amasser des fortunes ; mais, comme il faut être nommé, je leur lâche quelquefois des *tartines* sur la liberté de la presse, sur la réforme électorale, et autres balivernes... N..., le pair de France, m'a donné un jeune avocat sans cause, lequel, deux fois la semaine, vient lire avec moi les déclamations d'un nommé Benjamin Constant, autre pauvre diable, mort depuis peu d'années, et qui n'a jamais pu être rien, pas même de l'Institut, dont notre petit peintre Féder sera peut-être au premier jour.

Ce nom fit tressaillir Mme Boissaux.

— Au reste, continua le vice-président, N..., le pair de France, m'a dit que l'on ne peut se croire homme d'État qu'autant que l'on se surprend habituellement à soutenir une opinion qui n'est pas la sienne. Pour commencer, je me moque constamment du jeune avocat qui vient m'enseigner, comme il dit, les principes du gouvernement *de la France par la France.* Je fais semblant d'être de l'opinion de son Benjamin Constant (quel nom de juif !), et ainsi je me montre supérieur à ce jeune Parisien. Car, comme le dit encore N..., le pair de France : « Celui qui trompe l'autre est toujours le supérieur », etc., etc.

La loge de l'Opéra fut trouvée par Féder et louée d'emblée, et, pour peu que Valentine l'eût voulu, on se fût mis à chercher une terre dans un canton déjà suffisamment peuplé de receveurs généraux et de riches banquiers. Mais Valentine n'avait point encore d'opinion sur la terre ; elle se promit d'en parler à Féder. Quant aux tirades d'éloquence énergique que M. Boissaux infligeait à ses hôtes, elle ne les avait point remarquées ; elle avait pris insensiblement l'habitude de ne rien écouter des choses que l'on disait dans les lieux où se trouvait Féder, et il était toujours de ses dîners. On pouvait faire sur eux une remarque bien dangereuse dans le fait qu'elle dénonçait : les regards qu'ils s'adressaient étaient beaucoup plus intimes que leurs paroles. Si un sténographe eût saisi et imprimé leurs dialogues, il eût été possible de n'y voir que de la politesse, tandis que leurs regards annonçaient bien d'autres choses, et des choses qui étaient bien loin d'être.

Précisément à ce dîner que M. Boissaux donna le vendredi pour se ménager cette belle sortie : « Pardon, Messieurs, je suis obligé de vous quitter pour un *rendez-vous d'affaires que j'ai dans ma loge à l'Opéra* », deux ou trois des dîneurs remarquèrent fort bien les regards par lesquels Mme Boissaux sollicitait, à chaque instant, l'avis de Féder sur toutes les choses dont on venait à parler. Féder ne croyait pas manquer à ses serments d'indifférence en se donnant la peine d'enseigner ce qu'il fallait penser sur toutes les choses de Paris à la femme qu'il aimait. Pour tout au monde, il n'eût pas voulu lui entendre répéter les idées exagérées, ou tout au moins grossières, que M. Boissaux exprimait en toute circonstance.

Les provinciaux, qui avaient remarqué les regards de Mme Boissaux et qui respectaient infiniment ses excellents dîners, n'étaient pas gens à craindre d'offenser sa délicatesse. Aussi Féder s'étant écrié, lorsque Boissaux sortait pour aller à son prétendu rendez-vous : « Je vous prierai de me jeter quelque part », ils se hâtèrent brutalement de faire l'éloge de Féder en adressant la parole à Mme Boissaux, et cette femme, dont l'esprit délicat saisissait dans la société les moindres affectations, ne fut point choquée de ces éloges du jeune peintre, qui n'étaient amenés par rien, si ce n'est par le grossier désir d'accrocher quelques bons dîners. Celui de ces parasites qui s'était le plus distingué par l'imprudence de ses louanges fut engagé à venir le soir même à la loge de l'Opéra, et, de plus, ne fut point oublié dans la liste d'invitations pour le prochain dîner.

Loin de s'exagérer le sentiment qu'il éprouvait, Féder, sans s'en apercevoir, mettait un peu d'affectation à s'en affaiblir l'importance ; il croyait fermement être à la veille de reprendre ses courses dans les bals du dimanche des villages environnant Paris. Depuis le mot d'amour si hardiment prononcé en parlant à Valentine, et dont nous avons rendu compte, un second mot d'amour n'était pas sorti de sa bouche.

« Il faut que ce soit elle qui me demande ce mot d'amour ! » s'était-il dit dans les commencements ; mais les vrais motifs de sa conduite étaient bien différents ; il trouvait une volupté parfaite dans l'extrême intimité qui, sur toute chose, s'était établie entre Valentine et lui ; il n'avait nul empressement à changer sa vie, « car, se disait-il, au fond, elle est toujours pensionnaire. Si je veux faire un pas en avant, ce pas ne peut être que décisif ; si la religion l'emporte, comme il est fort possible, elle s'enfuit à Bordeaux, où décemment je ne puis la suivre, et je me prive tous les soirs d'une heure délicieuse, qui donne de l'intérêt à toutes mes autres heures, et qui, dans le fait, est l'âme de ma vie. Si elle cède, il en sera comme de toutes les autres ; au bout d'un mois ou deux, je ne trouverai plus que l'ennui où je venais chercher le plaisir. Alors arriveront les reproches et bientôt la rupture, et j'aurai encore perdu cette heure délicieuse que je viens chercher chaque soir et dont l'espérance anime toute ma journée ».

Valentine, de son côté, sans y voir aussi clair dans son cœur (elle n'avait que vingt-deux ans et avait passé toute sa vie au couvent), commençait à se faire des reproches sérieux. Pendant longtemps elle s'était dit : « Mais il n'y a rien à reprendre entre Féder et moi. » Puis elle avait découvert qu'elle s'en occupait sans cesse ; puis, à son inexprimable honte, elle s'était aperçue de transports d'amour pour lui quand il était absent. Elle avait acheté une lithographie vulgaire, qu'elle avait fait encadrer et placer près de son piano, à quatre pieds de hauteur, parce qu'elle s'était figuré qu'un des personnages était le portrait de Féder. Pour justifier la présence de cette lithographie, elle en avait fait acheter sept autres. Eh bien, lorsqu'elle était seule et pensive dans sa chambre, il lui arrivait souvent de donner des baisers à la glace qui recouvrait la figure d'un jeune soldat qui ressemblait à

Féder. Comme nous l'avons dit, leurs dialogues eussent pu être entendus par les personnages les plus respectables et les plus sévères ; mais il n'eût pas fallu que ces personnages donnassent une attention trop sévère à leurs regards.

Il résultait des remords de Valentine et du système de Féder qu'il faisait sans amour les actions qui montraient le plus de passion. Ainsi, longtemps après le portrait en miniature achevé, Valentine ayant voulu voir l'atelier du peintre, il profita d'un des moments où Delangle et deux ou trois personnes qui accompagnaient Mme Boissaux regardaient un beau Rembrandt pour retourner un des tableaux qui faisaient de cet atelier une jolie galerie, et il fit voir à Valentine un magnifique portrait à l'huile, représentant une religieuse : c'était le portrait admirablement fait de Valentine elle-même. Elle rougit beaucoup, et Féder se hâta de rejoindre Delangle. Mais, avant la sortie de Mme Boissaux, il lui dit de l'air le plus indifférent, en apparence :

— Ce n'est pas pour rien que j'ai pris la liberté de vous faire voir le portrait de cette religieuse, c'est un morceau sans prix à mes yeux ; mais je vous donne ma parole que si vous ne prononcez pas ces mots : « Je vous le donne », demain je porte ce tableau dans le bois de Montmorency, et je le brûle.

Valentine détourna les yeux et prononça en rougissant beaucoup, les mots :

— Eh bien, je vous le donne.

L'intimité assez douce que Féder ne voulait pas faire finir, s'exprimant tout entière par des regards, aurait pu donner lieu à des suppositions fort compromettantes ; mais les soupçons ne vinrent pas à l'esprit de M. Boissaux. C'était un homme tout entier aux faits réels, et pour qui les choses seulement imaginées ou possibles n'existaient pas ; il venait seulement de s'apercevoir, en voyant le rôle que jouaient auprès du gouvernement les principaux banquiers et autres gens à argent, que le pouvoir aristocratique avait déserté les grands noms du faubourg Saint-Germain pour arriver dans les salons des financiers, qui savaient être insolents à propos envers les ministres.

— En province, nous ne nous doutons pas de cette bonne fortune de métier, disait Boissaux à sa femme, et je puis vraiment me voir bien autre chose que simple vice-président du tribunal de commerce. Si je n'avais pas cru convenable à mon existence à Bordeaux de sacrifier un millier de louis pour faire voir Paris à ma jeune épouse, jamais je ne me serais douté de la véritable position des choses. Je serai dans Bordeaux partisan de la liberté de la presse et de la réforme électorale : à Paris, je tiendrai encore quelques propos de ce genre ; mais, dans toutes les grandes circonstances, je serai tout à fait aux ordres de celui des ministres qui est le mieux en cour ; c'est ainsi que l'on devient receveur général, pair de France et même député. Si j'étais député, mon petit avocat sans cause me ferait les plus beaux discours du monde. Vous êtes fort jolie, et la pureté de votre caractère, se réfléchissant dans vos traits, vous donne une certaine grâce naïve que l'on n'est point accoutumé à rencontrer à Paris, surtout chez les dames *banquières*; c'est notre Féder qui m'a appris cette parole insolente. Enfin vous êtes à la veille d'avoir les plus grands succès ; il ne vous manque que de le vouloir. Eh bien, je vous le demande à genoux, daignez avoir cette volonté ; c'est moi, votre mari, qui vous demande d'être un peu coquette. Par exemple, j'ai invité à dîner, pour vendredi prochain, deux receveurs généraux qui, probablement, dînent mieux chez eux qu'ils ne feront chez vous ; mais répondez à ce qu'ils vous diront, de façon à faire durer la conversation ; s'ils entreprennent de vous faire des récits, ayez l'air de les écouter avec intérêt, et, s'il vous en souvient, parlez-leur de l'admirable jardin anglais que j'ai planté à dix lieues de Bordeaux, sur les bords ravissants de la Dordogne et dans un champ que j'avais acheté uniquement parce qu'il y avait une vingtaine de grands arbres. Vous pourrez ajouter, si cela convient à votre phrase, que ce jardin est une copie exacte de celui que Pope planta jadis à Twickenham. Alors, si vous vouliez m'obliger tout à fait, vous diriez qu'entraînée par la beauté de ce site enchanteur, vous m'avez engagé à y bâtir une maison ; mais vous tenez surtout à ce que cette maison n'ait pas l'air d'un château ; car vous abhorrez tout ce qui semble calculé pour faire effet. Il m'est important de faire la connaissance intime de ces deux receveurs généraux. Ces messieurs sont le lien naturel qui met en rapport les grandes fortunes avec le ministre des Finances, et de ce ministre-là nous arrivons aux autres. Il est, de plus, important, et cette idée-là je la dois à Féder, il est important, dis-je, que vous feigniez d'avoir sur mes volontés et sur mes déterminations importantes un empire que vous posséderez dès que vous daignerez vouloir le prendre. Je me livre entièrement, en apparence, à mes nouveaux amis ; ce sont tous gens jouissant de la plus vaste opulence, et ce n'est point par des paroles que je leur fais la cour. Vous sentez bien que, dans ce pays du bavardage, ils sont accablés et fatigués de ce genre de succès ; moi, je cherche à leur plaire en leur donnant une part réelle dans d'excellentes spéculations ; mais j'ai une *garde à carreau.* Dans le cas, fort probable, où ces messieurs voudraient me tirer une *carotte* un peu trop forte, je leur opposerai la volonté ou le caprice de la femme aimable dont, si souvent, ils auront vu briller l'esprit à nos dîners du vendredi ; et, par ce moyen, je pourrai défendre mon argent sans qu'ils puissent douter raisonnablement de mon dévouement à leurs intérêts.

On voit, par cette conversation, que Féder avait mieux fait que d'accoutumer son oreille à souffrir la voix effroyable du vice-président ; il recherchait sa conversation au point d'amadouer sa vanité féroce, au point de lui faire comprendre quelques idées nécessaires à sa fortune. Si Féder n'était pas riche, il affichait du moins un respect infini pour les êtres heureux qui avaient une fortune. Boissaux était donc sûr d'être vénéré par lui, car il l'avait traité comme un de ses nouveaux amis, choisis parmi les gens à argent, les receveurs généraux, etc. Il lui avait fait voir avec une négligence apparente (on peut juger du succès avec lequel le lourd et cupide M. Boissaux jouait la négligence apparente), il lui avait fait voir, disons-nous, divers papiers, desquels résultait la preuve que M. Boissaux avait hérité de son père d'immeubles francs d'hypothèques, d'immeubles valant trois millions, au petit pied, et que la dot de sa femme, s'élevant à neuf cent cinquante mille francs, était placée dans diverses entreprises industrielles à Bordeaux ; et, d'ailleurs, Mme Boissaux avait encore deux oncles assez riches et sans enfants.

Féder avait disserté complaisamment sur ces détails d'intérieur, peu amusants pour tout autre qu'un amant, et, à l'aide de cette complaisance et de bien d'autres, sa manière d'être avec Valentine n'avait point éveillé la susceptibilité de M. Boissaux ; mais Féder n'avait pas eu le même succès auprès de son ami Delangle. Ce provincial-là avait sans doute ses ridicules. Par exemple, il tenait à faire les affaires avec la rapidité et le coup d'œil d'aigle d'un homme de génie ; il faisait remarquer complaisamment à ses amis qu'il n'avait pas de commis, et on le voyait tenir toutes ses écritures sur des cartes à jouer. Mais, malgré cette affectation-là et bien d'autres, Delangle voyait assez les choses comme elles sont. Six années d'un séjour presque continuel à Paris lui avaient ouvert les yeux. Ainsi l'air ennuyé que donnait à Valentine la société réunie par son mari disparaissait au moment où Féder entrait dans le salon ; un regard intime et de joie contenue allait le chercher à chaque instant, dans toutes les places qu'il occupait successivement, et ce regard semblait consulter le jeune peintre sur tous les partis à prendre. Delangle voyait à peu près tout cela ; et, par une conséquence naturelle, Féder trouva une certaine froideur chez son ami.

Un jour que l'on était allé voir une charmante habitation, située à Saint-Gratien, tout près de la petite église où reposent les restes de Catinat, en parcourant le jardin, Féder se trouva seul, un instant, avec Mme Boissaux.

— Delangle, lui dit-il avec un sourire qui peignait toute la passion qu'il éprouvait, Delangle a des soupçons, assurément bien mal fondés ; il croit que nous nous aimons d'amour : quand nous avons pris le chemin de l'allée où nous sommes et quand le reste de la société a voulu se rapprocher du lac, Delangle s'est tenu à l'écart : je parie qu'il va chercher à nous écouter ; mais j'ai de bons yeux. Au moment où je tirerai ma montre sans rien dire, c'est que j'aurai vu notre ami se glisser derrière quelque massif de verdure, pour surprendre ce que nous pouvons nous dire lorsque nous sommes seuls. Il faut donc, belle Valentine, continua Féder, que nous ayons ensemble une conversation qui prouve surtout que je n'ai pas d'amour pour vous.

On peut penser de quel air ce mot-là fut prononcé. Depuis l'aveu si sincère dont nous avons parlé et qui eut lieu lors de la seconde séance consacrée au portrait, le mot d'amour ne s'était point montré dans les entretiens que Féder avait eus avec Valentine ; et pourtant, tous les jours à peu près, Féder la voyait, et ce moment était l'objet des espérances ou des souvenirs de tout le reste de la journée. Au premier mot qu'il lui avait adressé dans le jardin de Saint-Gratien, elle était devenue d'un rouge pourpre. Bientôt, une petite branche d'acacia, que Féder avait détachée d'un arbre, échappa de la main de Valentine ; Féder se baissa comme pour la ramasser ; en se relevant, il tira sa montre : il avait aperçu fort distinctement Delangle caché derrière un massif d'acacias.

— Pourquoi n'arrangeriez-vous pas celui de vos salons, dans votre maison de Bordeaux, qui donne sur le jardin, comme l'admirable salon de la maison que nous venons de voir ? C'est tout simplement la perfection du genre, et, j'en suis sûr, l'on ne nous refusera point de faire prendre le plan de ce salon. M. Boissaux pourra y employer l'architecte qui fait le dessin de la maison à élever sur les bords de la Dordogne, auprès de ce fameux jardin, etc.

La mine que faisait Valentine tant que dura cette conversation prudente était à peindre ; elle avait des prétentions à la gaieté ; puis elle se reprochait de tromper son frère ; tromper ce frère, qui n'avait au monde d'affection que pour elle, n'était-ce pas un crime ? Il fallait donc que sa façon d'être habituellement avec Féder fût bien coupable, puisqu'elle était obligée de prendre une précaution de comédie pour la cacher à un frère qui eût exposé sa vie, et, bien plus, qui eût exposé sa fortune pour lui être utile. D'un autre côté, l'étrangeté de cette précaution donna l'idée à Valentine que peut-être la durée de ses relations de tous les jours avec Féder était menacée. « Enfin, se dit-elle, ce n'est peut-être pas une chose aussi simple qu'elle le paraît que Féder me fait faire ; j'en juge par mon émotion ; j'ai peut-être eu tort de lui obéir. En quels termes pourrais-je, sur cette question, consulter le saint homme qui dirige ma conscience ? »

Comme l'on voit, pendant la durée de cet entretien, qui n'eût été que plaisant pour une âme parisienne, deux ou trois craintes tragiques se disputaient l'esprit de la jeune provinciale.

Elle avait trop de sagacité pour dire des choses qui pussent la compromettre ; mais l'émotion de sa voix était si frappante, que l'épreuve ne tourna point d'une façon aussi avantageuse que Féder l'avait espéré. Les choses dites étaient assurément fort prudentes ; mais de quelle voix tremblante et passionnée ne les avait-on pas prononcées ! La chose en vint au point qu'à peine cinq minutes s'étaient-elles écoulées, que Féder prit son mouchoir, qu'il laissa tomber aussitôt. Valentine s'écria :

— On s'est embarqué sur le lac ; allons nous embarquer aussi !

Arrivés à l'embarcadère, Féder et Valentine ne trouvèrent plus de barque ; elles avaient pris le large, et on ne les voyait plus ; le mur d'une maison les dérobait aux regards des personnes qui étaient dans le parc. Féder regarda Valentine, il voulait la blâmer ; elle ne s'était pas bien tirée de son rôle ; elle le regardait les yeux pleins de larmes ; il fut sur le point de lui dire une chose, un mot, qui ne devait jamais sortir de sa bouche ; il la regardait en silence ; mais, au moment où il remportait sur lui-même la victoire si difficile de ne lui rien dire, il se trouva que, sans qu'il eût songé et presque à son insu, il déposait un baiser sur son cou.

Valentine fut sur le point de se trouver mal ; ensuite, ses deux bras portés en avant avec vivacité, ses mains étendues et son visage qui se détournait, exprimèrent le mécontentement le plus vif et presque l'horreur.

— Si Delangle survient, je dirai que vous avez été sur le point de tomber dans le lac.

Féder fit deux pas, entra dans l'eau et mouilla son pantalon blanc jusqu'aux genoux. La vue de cette action singulière détourna un peu l'attention de Valentine de l'action étrange qui avait précédé cet incident, et fort heureusement sa figure ne trahissait plus qu'un trouble ordinaire lorsque Delangle arriva tout essoufflé et en courant ; il s'écriait :

— Moi aussi je veux m'embarquer.

CHAPITRE V

Cette aventure donna une profonde inquiétude à notre héros ; les soupçons de Delangle n'étaient point apaisés, et il n'était pas homme à oublier ou négliger les conséquences d'une idée qui, une fois, était entrée dans sa tête. L'inquiétude que ce soupçon donnait au jeune peintre le fit réfléchir ; il fut obligé de convenir avec lui-même que, s'il était séparé de Valentine, l'oublier entièrement comme une connaissance des eaux ne serait point l'affaire de trois jours. Delangle pouvait lui fermer à jamais la porte de la maison Boissaux ; cette idée le fit frémir ; puis il fut en colère contre lui-même de se trouver ému à ce point. Il avait réellement peur de Delangle ; cette peur lui faisait honte ; comme par instinct, il rechercha l'amitié de Boissaux. L'un des receveurs généraux qui savent le mieux faire honneur à leur fortune ayant quitté une jolie maison de campagne, qu'il avait louée à Viroflay. Féder cria à Boissaux :

— Emparez-vous de cette maison, il n'y a pas à hésiter : les chevaux des gens avec lesquels il faut se lier pour être quelque chose ici ont l'habitude d'aller à Viroflay. Là, vous donnerez des dîners, et bêtes et gens viendront chez vous, comme ils allaient chez le receveur général Bourdois, auquel vous succédez.

Sans dire mot, pour ne pas marquer sa reconnaissance, ce qui eût pu entraîner une obligation, Boissaux profita du conseil. Il y eut des dîners en assez bon nombre. Un jour, en se mettant à table, Boissaux supputa avec volupté, que, quoique les convives de ce dîner à Viroflay ne fussent qu'au nombre de onze, ils réunissaient entre eux un avoir total de vingt-six millions, et parmi ces convives, on voyait un pair de France, un receveur général et deux députés ; et ce qui fut utile à Féder, le donneur de conseils, c'est que son avoir figurait pour zéro dans cette addition de toutes les fortunes ; et, de plus, il était le seul de la catégorie de zéro. L'un des dîneurs, qui, au contraire, entrait pour un million et demi dans le compte ci-dessus, venait d'acheter le matin même une belle bibliothèque, dont tous les volumes étaient dorés sur tranche. Il n'était pas homme à ne pas parler de son acquisition; depuis le matin Bidaire s'occupait à apprendre, à peu près par cœur, les noms des principaux auteurs qu'il venait d'acquérir; il en donna le catalogue, en commençant par les noms de Diderot et du baron d'Holbach qu'il prononçait d'*Holbache*.

— Dites d'Holbach! s'écria le pair de France avec toute l'importance d'une science récemment acquise.

L'on parlait avec assez de mépris de cet *homme de lettres* au nom barbare, lorsque Delangle laissa tomber négligemment que ce d'Holbach était fils d'un fournisseur et possédait plusieurs millions. Ce mot sembla donner à penser à la riche assemblée, et l'on reparla encore quelques instants de Diderot et de d'Holbach. Comme la conversation allait cesser sur ce sujet, Mme Boissaux osa élever la voix pour demander timidement si Diderot et d'Holbach n'avaient pas été pendus avec Cartouche et Mandrin. L'éclat de rire fut vif et général. En vain la politesse voulut le modérer après le premier moment; l'idée de Diderot, le protégé de l'impératrice Catherine II, pendu comme complice de Cartouche, était si plaisante que le rire fou recommença de toutes parts.

— Eh bien, Messieurs, reprit Mme Boissaux, qui, elle aussi, riait comme une folle sans savoir pourquoi ; eh bien, Messieurs, c'est qu'au couvent où j'ai été élevée, on ne nous a jamais expliqué trop clairement ce que c'étaient que Mandrin, Cartouche, Diderot et autres horribles scélérats ; je les croyais gens de même acabit.

Après cet effort courageux, Mme Boissaux regarda Féder, qui, dans le moment, fut au désespoir de ce regard imprudent ; puis tomba dans une rêverie délicieuse. C'étaient les rêves de ce genre qui lui faisaient oublier pendant des jours entiers le chagrin de s'être trompé dix ans de suite sur sa véritable vocation.

La réponse naïve de Valentine ôta aux éclats de rire ce qu'ils avaient de trop vif et d'offensant ; un doux sourire les remplaça sur toutes les lèvres ; puis Delangle, qui avait été vivement choqué de ce malheur de famille, vint au secours de sa sœur, et, à l'aide de quelques anecdotes burlesques, excita la grosse gaieté de l'assemblée. Mais le dîneur qui venait d'acheter, à bon prix, toute une bibliothèque dorée sur tranche, se remit à parler littérature ; il vantait surtout un magnifique J.-J. Rousseau imprimé par Dalibon.

— Le caractère en est-il bien gros ? s'écria le député qui avait quatre millions ; j'ai tant lu dans ma vie, que les yeux commencent à me demander grâce ; si le J.-J. Rousseau est d'un gros caractère, je l'enverrai prendre pour lire encore une fois son *Essai sur les mœurs* : c'est le plus beau livre d'histoire que je connaisse.

L'honorable député, comme on voit, confondait un peu ces deux grands coupables des crimes de 1793, Voltaire et Rousseau. Delangle éclata de rire ; son exemple fut suivi par tous les convives. Il forçait un peu sa grosse voix du Midi, pour faire oublier l'éclat de rire qui avait accueilli l'ignorance de sa sœur. Et, en effet, tous ceux des convives qui croyaient être sûrs que c'est Voltaire et non Rousseau qui a fait l'*Essai sur les mœurs*, furent impitoyables envers le pauvre député, fort riche marchand de laines, qui prétendait avoir perdu la vue à force de lire.

À peine le dîner fini, Féder crut prudent de disparaître : il craignait de nouveaux regards. Durant la promenade dans la forêt royale, à laquelle on arrive par une petite porte du jardin, Delangle, toujours fort choqué de l'éclat de rire, trouva le moyen de dire quelques mots en particulier à sa sœur :

— Ton mari est sans doute fort affectionné et fort bon, mais enfin il est homme, et, au fond du cœur, ne serait pas trop fâché de trouver une raison pour n'être pas si reconnaissant de la dot de dix-huit cent mille francs que tu lui as apportée et qui l'a fait vice-président du tribunal de commerce. À l'aide de quelques haussements d'épaules significatifs, sans doute, il va faire entendre à ces messieurs que tu es une imbécile, et, justement parce qu'il n'y a peut-être pas six mois qu'ils ont appris eux-mêmes les noms de Diderot et du baron d'Holbach, ces messieurs vont parler longuement de ton ignorance ;

oublie donc bien vite toutes ces fraudes pieuses avec lesquelles ces bonnes religieuses cherchaient à étouffer ton esprit, qui leur faisait peur. Ainsi ne te décourage point ; les deux fois que je me suis montré à ton couvent, Mme d'Aché, la supérieure, m'a dit, en propres termes, que tu avais un esprit *qui les faisait frémir.*

Delangle ajoutait cette phrase parce qu'il voyait sa sœur sur le point de fondre en larmes.

— Deux fois la semaine, sans en rien dire à personne qu'à M. Boissaux, poursuivit-il, tu iras à Paris prendre des leçons d'histoire ; je te chercherai une maîtresse qui te racontera tout ce qui est arrivé depuis cent ans ; c'est là le plus essentiel à savoir en société ; on y fait sans cesse allusion à ces choses récentes. Pour te débarrasser des sottises du couvent, ne te couche jamais sans avoir lu une ou deux lettres de ce Voltaire ou de ce Diderot, qui ne fut point pendu comme Cartouche et Mandrin.

Et malgré lui, Delangle quitta sa sœur en riant.

Valentine resta fort pensive toute la soirée ; au noble couvent de..., son esprit avait été soigneusement appauvri par la lecture de ces livres d'éducation que vante *la Quotidienne*[1] et où Napoléon est appelé *M. de Buonaparte.* On aura quelque peine à nous croire, si nous

1. *La Quotidienne* était un journal bien-pensant, organe du parti légitimiste sous la monarchie de Juillet.

ajoutons qu'elle n'était pas bien sûre que M. le *marquis de Buonaparte* n'avait pas été, à une certaine époque de sa vie, l'un des généraux de Louis XVIII.

Par bonheur, une des religieuses, dont la famille était obscure et fort pauvre, et qui, ne rachetant ce malheur par aucune hypocrisie, était très méprisée de toutes les autres, avait pris en pitié et par conséquent en affection la jeune Valentine.

Elle la voyait hébéter avec d'autant plus de soin, que tout le couvent retentissait chaque jour de l'importance de sa dot, qui, selon les religieuses, devait s'élever à six millions. Quel triomphe pour la religion si une fille aussi riche renonçait au monde et consacrait ses millions à bâtir des couvents ! Mme Gerlat, la religieuse pauvre, et, de plus, fille d'un meunier, ce que tout le monde savait au couvent, faisait copier tous les lundis, par Valentine, un chapitre de la *Philothée* de saint François de Sales ; et, le lendemain, la jeune fille était obligée d'expliquer ce chapitre à la religieuse pauvre comme si celle-ci eût ignoré tout ce dont il était question dans le livre. Tous les jeudis Valentine copiait un chapitre de l'*Imitation de Jésus-Christ,* qu'également il fallait expliquer le lendemain. Et la religieuse, à laquelle une vie malheureuse avait appris le vrai sens des mots, ne souffrait, dans les explications de la jeune fille, aucune expression vague, aucun mot qui n'expliquât pas nettement la pensée ou le sentiment de l'élève. La religieuse et l'élève eussent été sévèrement punies, si Mme la supérieure se fût aperçue de cette manœuvre. Ce qui est prohibé par-dessus tout, dans les couvents *bien-pensants*, ce sont les *amitiés particulières* ; elles pourraient donner aux âmes quelque *énergie*.

Même, avant cet éclat de rire si cruel, surtout par l'importance que M. Delangle semblait y ajouter, Valentine, entendant parler dans le monde, comme choses reçues, de faits ou d'idées qui eussent fait horreur au couvent, s'était dit qu'il fallait, pour conserver sa foi au milieu du monde, s'imposer la loi de ne jamais penser à certaines choses qu'on y entendait dire.

On va trouver peut-être que nous nous étendons un peu trop sur les ridicules de l'époque actuelle, qui, probablement, seront révoqués en doute dans quelques années ; mais le fait est que Delangle ne put trouver aucune maîtresse d'histoire qui voulût montrer cette science d'après d'autres livres que ceux qui sont loués par *la Quotidienne*.

— Nous n'aurions bientôt plus une seule élève, lui répondirent ces maîtresses, et même notre moralité serait attaquée, si l'on venait à savoir que nous nous servons d'autres livres que ceux qui sont adoptés dans les couvents du *Sacré-Cœur*.

Enfin Delangle découvrit un vieux prêtre irlandais, le vénérable père Yéky, qui se chargea d'apprendre à Mme Boissaux tout ce qui était arrivé en Europe depuis l'an 1700.

Sans mauvaise intention, mais uniquement entraîné par la grossièreté de son caractère, dans le courant de la soirée M. Boissaux fit allusion deux ou trois fois à l'éclat de rire qui avait accueilli l'image de Diderot et d'Holbach partageant le sort de Cartouche et de Mandrin. Le Boissaux avait d'autant plus d'horreur de cette faute, qu'il craignait toujours d'en commettre une semblable. Dans le fait, il n'y avait pas deux ans qu'il avait fait connaissance avec ces noms baroques : *Diderot* et d'*Holbach*; et, ce qui augmentait sa terreur, c'est que, au moment du dîner où la science historique de sa femme avait rencontré un écueil si funeste, il croyait que l'*Essai sur les mœurs* était de Rollin. Est-il besoin de dire que, dès le lendemain du dîner, il vint à Paris commander six cents volumes dorés sur tranche, et il voulut absolument rapporter dans sa voiture, à Viroflay, un magnifique exemplaire de Voltaire ? La reliure de chaque volume coûtait vingt francs. Aussitôt il établit à demeure sur son bureau, au milieu des lettres de commerce et ouvert à la page 150, le premier volume de l'*Essai sur les mœurs.*

Les reproches de son mari firent une révolution dans l'esprit de Valentine. Ce n'était pas une lettre ou deux de Voltaire qu'elle lisait chaque soir, avant d'éteindre ses bougies, mais bien deux ou trois cents pages. À la vérité, bien des choses étaient inintelligibles pour elle. Elle s'en plaignit à Féder, qui lui apporta le *Dictionnaire des étiquettes*, et les *Mémoires de Dangeau*, arrangés par Mme de Genlis. La douce Valentine devint enthousiaste des ouvrages de la sèche Mme de Genlis ; ils lui plaisaient par leurs défauts. Ce n'était pas d'*émotions*, mais d'instruction positive qu'elle avait besoin.

La grosse joie de Boissaux, l'excellence de son cuisinier, le soin qu'il prenait d'avoir toujours les *primeurs*, la beauté frappante de sa femme, firent qu'on prit l'habitude de venir dîner à Viroflay en sortant de la Bourse. L'attrait secret et tout-puissant de cette maison, pour les gens à argent, qui y affluaient, c'est que rien n'y était fait pour alarmer les amours-propres. Boissaux, et surtout Delangle, pouvaient compter parmi les plus habiles dans l'art d'acheter un objet quelconque là où il est à bon marché, et de le transporter rapidement là où il est plus cher. Mais, à l'exception de ce grand art de gagner de l'argent, l'ignorance de Boissaux était telle, qu'aucun amour-propre ne pouvait en souffrir.

Quant à Valentine, elle se gardait bien de parler en public des choses charmantes qu'elle trouvait tous les jours dans les livres ; elle eût craint de les voir tourner en ridicule par ces êtres dont elle commençait à comprendre la grossièreté. L'étude approfondie qu'elle avait faite autrefois de la *Philothée* et de l'*Imitation* eut cet effet qu'elle comprit et lut avec délices certaines parties de *la Princesse de Clèves*, de la *Marianne* de Marivaux, et de *la Nouvelle Héloïse.* Tous ces livres figuraient avec honneur parmi les volumes dorés sur tranche que journellement on apportait de Paris à Viroflay.

Vivant au milieu de gens à argent, Valentine arriva à cette idée, marquante par sa justice distributive : « Nous payons tous les jours quatre-vingts ou cent francs une loge au spectacle, pour un plaisir souvent assez mélangé d'ennui et qui dure une ou deux heures : et, si j'ai un plaisir quelquefois si vif à lire les beaux volumes de mon mari, à qui le dois-je, si ce n'est à cette bonne religieuse Mme Gerlat, qui, au lieu d'hébéter systématiquement mon esprit, me fit étudier au couvent cette sublime *Imitation de Jésus-Christ* et cette charmante *Philothée* de saint François de Sales ? » Le lendemain de cette idée, comme son mari envoyait en courrier à Bordeaux un de ses commis, Valentine demanda cent napoléons à son frère, et le commis fut chargé de demander au parloir la bonne religieuse, Mme Gerlat, et de lui remettre ce souvenir, au moyen duquel elle pouvait acquérir de la considération dans le couvent.

Ce mois, pendant lequel Valentine acquit de l'esprit, fut délicieux pour elle, et fit époque dans sa vie. Elle entretenait Féder, et sans nulle crainte, de toutes les idées que faisait naître chez elle la première lecture si délicieuse, pour une femme de son âge, de *la Princesse de Clèves*, de *la*

Nouvelle Héloïse, de *Zadig*; elle avait horreur de tout ce qui était ironique ; elle sympathisait avec transport à l'expression de tous les sentiments tendres. On peut juger de l'état moral de Féder, chargé d'expliquer de telles choses à une âme aussi candide. Sans cesse il était sur le point de se trahir, et ce n'était qu'avec le plus grand effort de volonté qu'il parvenait à ne point dire qu'il aimait. Chaque jour il avait le plaisir d'admirer l'esprit étonnant de Valentine.

Le lecteur se souvient peut-être que, vers la fin de *la Nouvelle Héloïse*, Saint-Preux arrive à Paris et raconte à son amie l'impression que cette grande ville produit sur lui. L'idée que Valentine s'était formée de Paris était fort différente ; Féder admirait la justesse d'esprit avec laquelle elle avait tiré des conséquences du petit nombre de faits qu'elle avait été à même d'observer ; ses erreurs même avaient un charme particulier. Elle ne pouvait concevoir, par exemple, que toutes ces jolies calèches qui parcourent les ombrages du bois de Boulogne ne renferment, pour la plupart, que des femmes ennuyées. Pour Valentine, elle n'allait presque jamais au bois de Boulogne sans que Féder fût à cheval à quelques pas de sa voiture.

Elle ne pouvait comprendre que l'ennui fût presque l'unique mobile des gens qui sont nés à Paris avec des chevaux dans leur écurie.

— Ces êtres que le vulgaire croit si heureux, ajoutait Féder, s'imaginent avoir les mêmes passions que les autres hommes : l'amour, la haine, l'amitié, etc. ; tandis que leur cœur ne peut plus être ému que par les seules jouissances que procure la vanité. Les passions, à Paris, se sont réfugiées dans les étages supérieurs des maisons, et je parierais bien, ajoutait Féder, que, dans cette belle rue du faubourg Saint-Honoré, que vous habitez, jamais une émotion tendre, vive et généreuse n'est descendue plus bas que le troisième étage.

— Ah ! vous nous faites injure ! s'écriait Valentine, qui se refusait absolument à admettre des faits aussi tristes.

Quelquefois Féder s'arrêtait tout à coup ; il se reprochait de dire la vérité à une femme aussi jeune : n'était-ce point faire courir des risques à son bonheur ? D'un autre côté, Féder se rendait cette justice, qu'il ne lui disait rien dans le dessein de faciliter les projets que son amour pouvait avoir sur elle. Dans le fait, il n'avait pas de projet ; il ne savait pas résister au plaisir de passer sa vie dans l'intimité la plus sincère avec une jeune femme charmante et qui peut-être l'aimait. Mais lui-même tremblait de s'engager dans une passion, et il n'y a pas de doute que, s'il eût été certain de finir par aimer passionnément Valentine, il eût quitté Paris à l'instant. L'on peut dire avec vérité, pour peindre la situation de son âme, que c'était l'affreux ennui du jour qui aurait suivi le départ qui le retenait à Paris et l'empêchait de raisonner avec sévérité sur les suites probables de sa conduite. « Je ne serai que trop réduit à ne plus la voir. Delangle dira un mot grossier sur mes attentions pour Valentine, et me fera fermer la porte de la maison. Or, une fois que cette petite pensionnaire ne me verra plus, elle ne pensera plus à moi, et six semaines après notre séparation, elle se souviendra de Féder comme de toutes ses autres connaissances de Paris. »

Mais il était bien rare que notre héros raisonnât sur sa situation d'une manière aussi profonde ; il était parfaitement d'accord avec lui-même sur la vérité de cette maxime : Il ne faut pas avoir d'amour et faire dépendre tout son bonheur du caprice d'une femme légère. Mais ce qu'il ne voulait pas voir absolument, c'était la conséquence si naturelle de cette vérité : Il fallait partir, si l'on craignait de tomber dans cette situation, si dangereuse pour l'homme qui a un cœur.

Féder usait de toutes les ressources imaginables pour ne pas arriver à une conclusion si terrible. Ainsi, se trouvaient-ils seuls un peu longtemps, il se donnait pour tâche d'examiner cette question : « Est-il bien pour le bonheur de Valentine que je la désabuse de toutes ces fausses idées qui lui sont restées du couvent ? N'est-ce pas comme si je lui donnais les bénéfices d'une vieillesse prématurée ? » Féder avait fait tant de folies dans sa première jeunesse, qu'il avait maintenant un caractère plus prudent que son âge, et il se fût facilement décidé à ne désabuser Valentine que des fausses notions qui pouvaient la conduire, sous ses yeux, à des erreurs désagréables. Mais souvent, au moment où l'action à faire se présentait, Féder n'avait plus le temps ou l'occasion d'expliquer à sa jeune amie tout ce qu'elle aurait dû savoir pour agir d'une façon convenable. Beaucoup d'explications nécessaires ne pouvaient pas être données avec clarté et sincérité devant des provinciaux aussi encroûtés que MM. Delangle et Boissaux ; ils se seraient scandalisés à chaque mot un peu trop sincère. En présence de ces sortes de gens, il ne faut jamais s'écarter du mot officiel, auquel ils sont accoutumés.

Dans son embarras sur la question de savoir s'il fallait toujours dire la vérité à Valentine, Féder prit le singulier parti de la consulter elle-même. Sans doute, ce parti était le plus agréable pour un homme aussi violemment épris que l'était notre héros, mais il faut avouer qu'il avait quelque chose de puéril : Valentine était sortie du couvent armée de cinq ou six règles générales, plutôt fausses que vraies, et qu'elle appliquait à tout, avec une intrépidité bien plaisante et charmante aux yeux de Féder ; car cette intrépidité monacale et féroce formait un contraste parfait avec le caractère juste et tendre de Valentine.

— Si je continue à vous dire ces tristes vérités, que toujours vous m'ordonnez de vous dire, je vais vous enlever la partie la plus céleste de votre amabilité, lui disait un jour Féder ; si vous n'accompagnez plus l'énonciation hardie d'une maxime atroce de votre sourire enchanteur et de votre empressement à désavouer la maxime dès qu'on vous en a fait voir toute la portée, l'on vous dépouille à l'instant d'une supériorité frappante et originale sur toutes les femmes de votre âge.

— Eh bien, si je dois être moins aimable à vos yeux, ne me dites pas la vérité ; j'aime mieux dire dans le monde quelque sottise qui fera qu'on se moque de moi.

Féder eut bien de la peine à ne pas prendre sa main et à ne pas la couvrir de baisers ; il se hâta de parler pour se distraire d'une émotion si dangereuse.

— Toutes les fois que vous adressez la parole à des gens habitant Paris depuis longtemps, s'écria Féder d'un air pédantesque, je vois chez vos interlocuteurs vanité et continuelle attention aux autres ; tandis que, pour vous défendre, je ne vois chez vous que bonne foi et bienveillance, aussi sincère qu'elle est sans bornes. Vous vous présentez sans armes et la poitrine découverte à des gens prudents avant tout et qui ne descendent dans l'arène qu'après s'être bien assurés qu'ils sont couverts de fer et que leur vanité est invulnérable. Si vous n'étiez pas si jolie, et si, grâce à moi, M. Boissaux ne donnait pas des dîners irréprochables, on vous prêterait des ridicules.

Cette vie était délicieuse en apparence, et l'eût été en effet pour Féder, s'il n'eût eu pour Valentine qu'un simple goût de galanterie, comme il essayait quelquefois de se le faire croire à lui-même ; mais il avait une crainte mortelle de Delangle, et même, plus son cœur était attendri et jouissait avec délices de cette vie si douce, exempte de la moindre secousse et remplie tout entière par les douceurs de l'amitié la plus tendre, plus son saisissement était profond quand il venait à songer qu'un seul mot d'un être grossier et mettant l'amour-propre de son esprit à tout dire par le mot le plus fort, pouvait renverser tout ce charmant édifice de bonheur. « Il faut faire la conquête de Boissaux, se dit-il, pour cela, il faut lui être utile ; la simplicité de mes propos, mes bonnes manières, déplaisent, j'en suis sûr, à cet être grossier, et qui, de sa vie, n'a jamais adoré que l'argent. Ce n'est donc qu'en présence d'un résultat positif qu'il pourra pardonner ce que mes façons parisiennes ont de choquant pour sa brutale énergie. Hier encore je l'ai vu lorsque ce député de Lille est venu nous joindre à la promenade ; dès qu'il ne voit pas un homme qui crie en l'abordant, ou qui lui frappe sur l'épaule en signe d'amitié, il se dit : "Sans doute *ce muscadin* me méprise." »

En étudiant profondément Boissaux, Féder crut voir que la nomination à la Chambre des pairs, plus ou moins récente, de cinq ou six négociants, troublait son sommeil depuis quelque temps, et avait fait succéder l'ambition à l'avidité vorace pour l'argent monnayé. Au retour de chez le nouveau pair chapelier, Boissaux ne dit mot de toute la soirée ; le lendemain il ordonna que tous les jours ses gens seraient en bas de soie à compter de quatre heures après midi, et il demanda à Féder de lui procurer trois nouveaux domestiques.

CHAPITRE VI

Cette dépense, qui eût semblé si sotte à Boissaux un mois après son arrivée à Paris, parut décisive à Féder, qui, depuis plus de quinze jours, observait et doutait. Donner des conseils à un provincial millionnaire est chose si dangereuse ! Mais, d'un autre côté, l'idée funeste que Féder voyait chez Delangle était un péril si imminent !

Pour rendre ses conseils moins odieux, Féder résolut de les donner à Boissaux avec un ton grossier.

Comme un enrichi n'est pas homme à laisser perdre la plus petite jouissance de vanité, un jour Boissaux faisait admirer à Féder quatre-vingts nouveaux volumes, bien dorés sur tranche, qui venaient de lui arriver de Paris.

— Erreur, lui dit Féder, avec un regard terrible, erreur, déplorable erreur ! En jetant votre argent pour acheter ces livres, vous détruisez comme à plaisir la position que je voulais vous faire.

— Que voulez-vous dire ? interrompit Boissaux avec humeur.

— Je veux dire que vous détruisez le caractère que je voulais vous donner ! Un homme tel que vous, possesseur de votre fortune, eût pu être cité dans le monde, vous ne le voulez pas. Vous jetez par terre l'échelle qui pouvait vous faire arriver au sommet de l'édifice social. Dieu ! que vous ignorez de choses !

— Je ne me croyais pas pourtant si ignorant, reprit Boissaux avec une colère contenue.

Et, revenant à son geste habituel quand il voulait se rassurer contre quelque inconvénient, il plongea sa main droite dans la poche de son gilet, remplie de napoléons ; il en prit une poignée, l'agita avec force dans sa main, puis les laissa retomber dans la poche ; puis de nouveau les saisit violemment : c'était à la lettre manier de l'or.

— D'abord, vous achetez des livres ! Mais savez-vous qu'un livre est un instrument fatal, une épée à deux tranchants, dont il faut se méfier ?

— Qui ignore qu'il y a de mauvais livres ? s'écria Boissaux avec le ton du dédain le plus amer.

C'était sa façon d'exprimer les angoisses que donnait à sa vanité un conseil aussi direct.

— Non, vous ne savez pas tout ce qu'il y a dans ces maudits livres, reprit Féder avec une énergie de mauvais ton toujours croissante ; c'est le diable à confesser. Tout homme qui n'a pas eu le goût de la lecture dès l'âge de dix ans ne saura jamais tout ce qu'il y a dans les livres. Or la moindre erreur sur leur contenu vous expose à un ridicule amer et qui s'attache à vous ; le simple oubli d'une date suffit pour exciter le rire de toute une table.

Ici Boissaux, devenu plus attentif, tira de la poche de son gilet sa main pleine de napoléons, et ne l'y replongea plus ; c'était chez lui le signe de l'attention, allant jusqu'à l'inquiétude.

— Je sais que votre imagination puissante aime le merveilleux ; eh bien, le merveilleux va me servir à vous peindre tout votre danger. Je suppose un magicien auquel vous remettrez dix billets de mille francs, et qui, en revanche, vous donnera la connaissance parfaite de tout ce qu'il y a dans les œuvres de Voltaire et de Rousseau, et même dans tous ces autres livres que vous avez achetés avec la prodigalité qui vous distingue ; je dis que vous ne devriez pas faire ce marché ; ce serait un marché de dupe. Pour vous avancer dans ce monde de Paris et pour faire de belles affaires, de la bienveillance de qui avez-vous besoin ? De la bienveillance des gens à argent, des gros capitalistes, des receveurs généraux. Si vous voulez aller plus loin et vous lancer dans la Chambre des pairs, il vous faut la bienveillance du gouvernement.

Ici l'attention de Boissaux redoubla ; il prit l'air morne et la bouche de brochet, c'est-à-dire, à coins rabaissés, du marchand qui perd. Au mot de gouvernement, il craignit que Féder n'eût deviné sa jeune ambition.

— Eh bien ! l'homme à argent que vos magnifiques dîners attirent à Viroflay, et qui voit ces damnés livres dont vous faites parade, a peur que vous ne les connaissiez mieux que lui, et se met en défiance. Quant au gouvernement, n'est-il pas évident que tout homme qui a des idées ou qui y prétend peut être tourné à l'opposition par le premier bavard effronté qui l'empoignera ? Donc l'homme à idées ne va pas au gouvernement. Votre propre dignité seule devrait vous engager à renvoyer ces livres au libraire ; il faut que chez vous il n'y ait pas un volume ; autrement vous vous exposez au ridicule. Si vous étalez des livres, vous estimez le genre d'esprit des gens qui lisent, et vous êtes obligé de faire semblant d'avoir lu ; on fera de certaines allusions, et vous serez obligé de faire la mine de l'homme qui comprend ; quoi de plus dangereux ? Méprisez les livres ouvertement, et vous êtes inattaquable de ce côté. Quelque étourneau vient-il à vous parler des livres *jacobins* de Rousseau et de Voltaire, répondez, avec la hauteur qui convient à votre position : « Moi, je gagne de l'argent le matin, et la soirée je la donne à mes plaisirs. » Les plaisirs sont quelque chose de réel et qu'à Paris tout le monde voit, et que le seul homme riche peut se donner. Voilà la grande différence qui existe entre Paris et Bordeaux. Le rendez-vous de tout ce qu'il y a d'agissant et de brillant à Paris, c'est le boulevard. Or comment voulez-vous que le public du boulevard n'ait pas de considération pour l'homme qu'il voit arriver à six heures (du soir) au Café de Paris, dans une voiture magnifique, et que bientôt il voit assis à table, près d'une fenêtre, entouré de seaux de glace où se frappent des bouteilles de champagne ? Je ne vous parle que des moyens les plus vulgaires d'acquérir de la considération et de vous placer sur la liste que le gouvernement parcourt des yeux lorsqu'il a résolu de placer deux ou trois négociants dans une nouvelle fournée de pairs. Je sais qu'un homme comme vous changera tous les ans la calèche qui le conduit au bois de Boulogne. Si vous paraissez aux courses de Chantilly, vous monterez un cheval qui a un nom dans le monde, et vous parierez cent louis en faveur du cheval coureur que tous les amateurs semblent abandonner. Dites au plus grand savant de Paris de faire toutes ces choses-là et bien d'autres, il ne peut. Par exemple, vous donnez à dîner dans la première primeur de toutes choses, au mois de février ; l'idée vous vient d'avoir des petits pois sur votre table ; vous envoyez un billet de cinq cents francs au marché. Or tout le monde voit ces petits pois sur votre table ; l'envie qu'un homme tel que vous inspire naturellement, dans ce siècle *jacobin*, n'a pas la ressource de nier. Tandis que le premier venu qui n'aime pas un savant, un homme d'Académie, dira fort bien : « J'ai lu ses ouvrages, et il m'ennuie. » Or, à Paris, depuis que l'on y voit tant de journaux, il faut trouver, dès le matin, de quoi les remplir, et vous voyez que l'on met tout en discussion. Je défie bien votre plus grand ennemi de nier votre plat de petits pois coûtant cent écus. Vous possédez un avantage bien rare ; il n'y a pas cinq cents personnes, dans tout Paris, qui puissent vous le disputer : vous pouvez ajouter à chacun de vos dîners pour cinq cents francs, pour mille francs, pour quinze cents francs de primeurs ; et vous achetez des livres, et vous donnez dans les reliures chères, afin de montrer à tous que vous aimez les livres, et vous ne connaissez pas les livres, et le moindre petit avocat peut prendre le pas sur vous, et, si vous regimbez, vous engager dans une discussion où il a tous les avantages, où il est le grand homme, et vous le petit garçon ! Tandis que, si vous étiez resté fidèle au culte des *jouissances physiques*, dans tout Paris vous n'aviez pas plus de cinq cents rivaux, et tout le monde vous voyait jouir de ces plaisirs que tout le monde désire et que personne ne peut nier. Quand vous aurez dépensé deux mille francs pour un dîner de douze personnes, que peuvent dire l'envie et la méchanceté ? Ce fameux M. Boissaux, le premier négociant de Bordeaux, mène un train qui ne durera pas, il se ruine, etc. Mais l'envie et la méchanceté ne peuvent pas nier votre dîner de deux mille francs. Vous avez acheté les œuvres de Rousseau et de Voltaire ; bien plus, vous avez l'imprudence d'avoir un des volumes de ces gens-là ouvert sur votre bureau ; le premier venu qui entre va vous dire : « Cette page que vous lisez est absurde » ; ou bien, si vous la trouvez mauvaise, il va vous soutenir qu'elle est sublime. Si vous évitez la discussion, vous avez l'air d'un homme qui ne comprend pas ce qu'il lit, ou, mieux encore, qui tient un volume ouvert sur son bureau et qui ne lit pas du tout. Supposons que deux ou trois personnes surviennent, je vous connais, vous êtes plein d'audace et de bravoure, vous ne voulez pas avoir l'air de céder à un petit cuistre qui n'a peut-être pas mille écus de rente. Vous avez, sans doute, un tout autre esprit que lui ; mais il a lu vingt fois peut-être, le passage de Rousseau qui est là ouvert sur votre bureau ; ce petit cuistre a de la mémoire, à défaut de jugement ; il a lu dix articles de journaux sur cet ouvrage de Jean-Jacques, et il s'en souvient. Dans une des mille réponses que vous êtes obligé de lui faire, vous prenez un mot pour un autre, et, par exemple, vous attribuez à Rousseau un pamphlet antireligieux qui est l'ouvrage de Voltaire. L'interlocuteur vous répond par une plaisanterie piquante ;

ce mot méchant ne se sépare plus de votre nom ; le petit cuistre et ses amis vont le répétant partout, et vous voilà comme un arbre vert dont on a cassé le bouquet ; vous ne pouvez plus vous élever ; toutes les fois qu'on cite votre nom, il se trouve un sot dans un coin du salon, pour s'écrier : « Ah ! c'est ce bon négociant qui prend Rousseau pour Voltaire, qui croit que *l'Homme aux quarante écus* est de l'auteur de *la Nouvelle Héloïse.* »

Cette image éloquente de Féder fit tant de peur à Boissaux, que machinalement il s'élança sur le volume de Voltaire qui était ouvert sur son bureau et le jeta sur un fauteuil éloigné.

— Quel mal voulez-vous que ce petit bavard dise de votre dîner de douze personnes qui vous a coûté deux mille francs ? Un de vos amis s'écriera : « Il en parle par envie ; ce pauvre diable a-t-il jamais vu un tel dîner, autrement que par le trou de la serrure ? » Le gouvernement est attaqué par la tourbe des avocats ; en achetant Rousseau et Voltaire, vous vous enrôlez dans le parti des bavards et des mécontents ; homme des jouissances physiques, vous faites corps avec les gens riches, vous épousez leurs intérêts ; ils en sont sûrs et le gouvernement aussi est sûr de vous : l'homme qui donne des dîners de deux mille francs a peur de la populace.

À ces mots, Féder consulta sa montre, et partit comme un trait ; il prétendit avoir oublié une affaire. Par cette disparition, la vanité de Boissaux était à l'aise ; toute l'attention du gros marchand n'était plus tournée à chercher quelque objection plausible aux faits avancés par Féder ; elle fut laissée tout entière à l'examen de la vérité des choses dites par le jeune peintre.

Féder raconta fidèlement à Valentine tout ce qu'il avait dit contre les livres et en faveur du culte des jouissances physiques.

— Si M. Boissaux, ajoutait-il, donne des dîners suivant les programmes que je lui indiquerai, il pourra dépenser cinquante billets de mille francs ; mais aussi, en moins de six mois, il sera connu à l'Opéra et sur le boulevard, et la vanité se chargera de lui procurer des jouissances telles, qu'il rira au nez de Delangle lorsque celui-ci viendra lui dire : « Mais ne voyez-vous pas que Féder est amoureux de Valentine ? »

C'est sur ce ton que se parlaient les deux amants. Notre héros avait accoutumé Mme Boissaux à ce langage. Il est vrai que jamais Féder n'ajoutait : « Oui, je vous aime avec passion, vous avez changé ma vie, ne serez-vous jamais sensible à tant d'amour, etc., etc. » Jamais une seule parole dans ce sens ne lui était échappée ; mais en lui tout parlait d'amour, excepté ses paroles, et Valentine lui donnait très bien des rendez-vous ; c'est-à-dire qu'elle lui indiquait, avec une exactitude scrupuleuse, le moment où elle arriverait de Viroflay au bois de Boulogne. C'était là que nos jeunes amis se voyaient les jours où

Féder n'allait pas à Viroflay. C'était lui qui avait donné à Boissaux le cocher et les valets de pied qui montaient derrière la voiture. Lorsque Féder se fut bien assuré que ces domestiques n'étaient pas gens à dire des paroles inutiles, peu à peu, sous prétexte de faire faire de l'exercice à son cheval, il prit l'habitude d'aller au-devant de Mme Boissaux jusqu'au pont de Neuilly, et jamais il ne paraissait auprès d'elle dans le bois de Boulogne. Il disait tout à Valentine excepté ces précautions, qui auraient alarmé cette âme naïve.

Pendant plusieurs jours Boissaux n'aborda point le sujet des livres. Enfin, comme il ne comprenait pas, dans toute leur étendue, les conseils donnés par Féder, il revint sur ce sujet. Il est vrai qu'il parla absolument comme si c'était lui, Boissaux, qui cherchait à convaincre Féder que l'on ne devait pas voir de livres dans la maison d'un homme qui prétendait à être admis dans la bonne compagnie. Féder fut au comble du bonheur de voir la tournure que prenait cette affaire, et toute son adresse fut employée à éloigner des longues conversations qu'il avait avec Boissaux les moindres mots qui eussent eu l'air de revendiquer pour lui la paternité de cette idée sublime, de faire succéder aux volumes richement reliés les primeurs les plus chères.

Boissaux s'était attribué, aux yeux de sa femme, tout l'honneur de ce grand changement.

— Jamais de la vie les gens qui viennent dîner chez vous ne diront le soir, à leur retour à Paris : « Ce Boissaux possède un Voltaire dont la reliure ferait honneur à la bibliothèque de l'Anglais le plus riche. » Mais ils diront fort bien dans la saison des primeurs : « Les petits pois que nous avons eus aujourd'hui chez Boissaux étaient déjà bien formés et pleins de goût. »

Qui l'eût dit à Féder quelques mois auparavant, lorsque la voix forte de M. Boissaux lui faisait mal aux nerfs ? Dès onze heures du matin, il allait au lever de M. de Cussy [1], pour obtenir une audience d'un quart d'heure, et discuter avec ce grand artiste le menu d'un dîner que Boissaux devait donner trois jours après. Nous devons faire un aveu bien plus pénible : plusieurs fois Féder se leva à six heures du matin et courut à la halle, après avoir pris dans son cabriolet un cuisinier émérite qui, sous sa direction, achetait pour les dîners de Viroflay ces plats que l'on peut dire uniques.

Durant plusieurs mois, Féder fit des miracles en ce genre. Boissaux ne se plaignait jamais de la dépense ridicule qu'il faisait pour ces dîners, et cependant leur gloire ne marchait qu'à pas de tortue. Il était rouge comme un coq quand il faisait les honneurs d'un plat cher ; sa vanité était tellement folle de joie, et cette joie était tel-

1. Célèbre gastronome, auteur d'un ouvrage intitulé *Le Maître d'hôtel français* (1842).

lement repoussante, que tout le monde semblait se donner le mot pour ne pas parler du plat admirable, qui eût illustré tout autre dîner.

À toutes les grâces de l'esprit que vous lui connaissez, le Boissaux joignait ces désagréments physiques qui dénoncent le manque d'une première éducation : il faisait des scènes à ses domestiques au milieu du dîner : il rappelait, en les grondant, le prix d'achat des plats rares qu'il offrait à ses hôtes ; il avait soin de se servir toujours à deux reprises. Enfin, ce que je ne sais comment exprimer, il mâchait pesamment et en faisant avec la bouche un bruit tel qu'on l'entendait de l'autre bout de la table. Ces petits inconvénients d'une opulence encore trop récente étaient de véritables bonnes fortunes pour la grosse vanité des financiers, qui dévoraient, sans les admirer, ces dîners dont le menu pouvait passer souvent pour le chef-d'œuvre d'un grand artiste.

Au lieu de parler des mets admirables qui leur avaient été servis et de l'ordre ingénieux et fait pour animer l'appétit dans lequel ils étaient présentés, les hôtes grossiers de l'homme riche de Viroflay ne citaient, dans leur conversation du soir, que les traits de sottise provinciale échappés à leur amphitryon.

Féder, désespéré du peu de gloire qu'acquérait le Boissaux, tout en faisant une dépense énorme, fut obligé d'avoir recours à une démarche bien dangereuse : il conduisit dans la loge à l'Opéra, et ensuite fit inviter aux dîners de Viroflay quelques-uns de ces gourmands distingués qui font métier de dîner chez les autres ; mais la moralité de ces messieurs n'est pas toujours à la hauteur de la finesse de leur tact gastronomique.

Dès le second dîner auquel ces messieurs assistèrent, la gloire de Boissaux éclata dans tout Paris ; ce fut un effet surprenant et propre à rappeler celui de certaine décoration de l'Opéra. Par bonheur, Boissaux se trouva sur le passage de sa gloire ; il en fut étonné, ravi, transporté à un tel point, qu'il adressa à Féder des paroles qui ressemblaient au langage de l'amitié. Enfin notre pauvre héros fut payé de tant de soins, et il put espérer d'être au moins pour quelque temps à l'abri d'un propos méchant de la part de Delangle. Par bonheur, celui-ci était engagé dans de belles opérations sur les sucres, qui lui prenaient tout son temps. Comme, sous aucun prétexte, Féder n'avait voulu recevoir de paiement pour le portrait de Mme Boissaux, non plus que pour ceux de Delangle et de Boissaux, dont ensuite il s'était occupé, Delangle avait voulu absolument lui donner dans l'opération avantageuse des sucres une part absolument égale à celle qu'il réservait à son beau-frère Boissaux, et Féder l'avait acceptée avec ravissement ; il lui importait beaucoup d'être un peu homme d'argent, et non pas un simple peintre, aux yeux de tous les hommes à argent qui, désormais, formaient la société de Mme Boissaux.

Entraîné par les développements gastronomiques de notre histoire, nous avons oublié de faire mention, en son temps, du divorce éclatant que Boissaux avait fait avec ces livres si imprudemment achetés, et qui lui auraient fait faire fausse route sans les sages avis de notre héros.

À l'un de ces admirables dîners, dignes de tant de gloire et qui en avaient encore si peu, par le triste effet des grâces négatives du maître de la maison, et de l'effroyable et trop visible vanité avec laquelle il faisait les honneurs de ces plats chers, M. Boissaux, arrivé au dessert, dit un mot à son valet de chambre, et, un instant après, élevant la voix, dit à ses hôtes :

— Je ne veux plus de livres ; ils m'embêtent, je viens de faire transporter dans l'antichambre quelques centaines de volumes qui n'ont de bon que la reliure. Qui est-ce qui en veut ? Je vous engage, Messieurs, à en emporter dans vos voitures. Depuis trois mois que je les ai, du diable si j'en ai lu trois pages ; cela ressemble beaucoup à un discours d'un de nos *libéraux* de la Chambre, lesquels tendent, tout doucement, à nous ramener aux douceurs de 1793. Dieu me préserve de m'embarquer dans tous ces raisonnements de va-nu-pieds et de jacobins ! Mais hier, au moment de la Bourse, c'est-à-dire au moment, pour moi, qui pars de Viroflay à une heure, et qui ne tiens pas excessivement à crever mes chevaux, je me suis laissé aller à écouter les bavardages d'un diable de relieur qui me rapportait les œuvres de M. de Florian, premier gentilhomme de M. le duc de Penthièvre ; celui-là ne doit pas être un jacobin, quoique contemporain de Voltaire ; mais, à vrai dire, je n'en ai pas lu une seule ligne ; si je vous le recommande, c'est uniquement parce que la reliure de chaque volume me revient à seize francs. Mais enfin, par l'effet de ce diable de livre, je ne suis arrivé à la Bourse qu'à deux heures moins un quart, et je n'y ai plus trouvé les gens à qui je voulais parler. Les livres me sont inutiles à moi qui déteste les jacobins et qui ne lis jamais. Je ne veux pas qu'il en reste un seul à la maison, et ce soir j'enverrai à notre respectable curé pour qu'il les vende au profit des pauvres, ceux de ces livres que vous n'aurez pas emportés.

À peine ce discours fini, les convives se levèrent de table et se ruèrent sur les livres : les reliures étaient si belles, qu'il ne resta pas un volume ; mais Féder sut le lendemain que pas un des convives n'avait eu un ouvrage complet : dans leur ardeur de pillage, chacun avait envoyé à sa voiture les premiers volumes sur lesquels il avait mis la main.

Cette scène, toute de l'invention de Boissaux, lui fit beaucoup d'honneur dans l'esprit de Féder. « Réellement, se dit-il, l'envie désordonnée d'être pair de France donne quelque esprit à cet homme ; que ne peut-elle aussi lui donner des manières un peu supportables ! »

Féder fut aidé par le hasard, ce qui tendrait à prouver que dans les positions difficiles il faut agir. Delangle avait bien appelé à Paris son beau-frère Boissaux, il l'avait présenté à ses amis, il l'avait mis dans plusieurs affaires assez importantes, mais sous la condition tacite que toujours Boissaux resterait au second rang. L'éclat qui, tout à coup, environna les dîners de Viroflay vint porter une altération profonde dans les relations des deux beaux-frères. Autrefois Delangle rendait hommage volontiers au génie qu'avait Boissaux pour inventer les spéculations dans des places et avec des prix courants qui ne semblaient offrir aucune ressource. Boissaux avait un second talent ; à force d'y rêver, il savait tirer de l'argent de certaines spéculations qui se présentaient sous l'aspect le moins avantageux.

Mais Delangle avait toujours pensé que dans un salon il devait l'emporter infiniment sur son beau-frère, qui pouvait passer pour un modèle accompli de toutes les inélégances. Pour comble de malheur, Boissaux, qui, en tout, était parfaitement dissimulé, ne pouvait cacher la joie la plus ridicule dès que sa vanité obtenait le moindre succès. Delangle s'était confié à tous ces désavantages de l'ami intime qui devenait son rival. Il fut loin de s'inquiéter d'abord de l'excellence des dîners de Viroflay ; rien n'était comparable à la figure rouge et à la voix tremblotante de bonheur avec laquelle Boissaux faisait les honneurs d'un plat de primeur, d'un prix un peu extraordinaire; mais, quand Féder se fut décidé à introduire quelques parasites du grand monde aux excellents dîners de Viroflay, quand, subitement, la gloire de ces dîners éclata, Delangle fut piqué au vif; plusieurs fois il se moqua, avec ses voisins de table, des façons singulières avec lesquelles Boissaux faisait les honneurs de ses dîners, et Féder fut assez heureux pour faire remarquer à Boissaux cette trahison du cher beau-frère. Un jour ces deux êtres, dont la colère était facile à exciter, se prirent presque de querelle au milieu d'un dîner. Delangle prétendit d'abord, d'un ton plaisant, qu'un des plats principaux ne valait rien. Boissaux prit feu pour la défense de son plat, et, sous prétexte de l'amitié intime, les propos piquants allèrent bien loin. L'un des convives, compatriote des deux antagonistes, et arrivé à Paris seulement depuis peu de jours, s'écria naïvement et d'une voix à faire retentir la salle à manger :

— L'ami Delangle est jaloux des dîners donnés par le cher beau-frère.

Cette remarque ingénue arrivait tellement à propos, qu'elle fit éclater de rire tous les dîneurs.

— Eh bien, oui, morbleu ! je suis jaloux ! s'écria Delangle tremblant de colère et pouvant à peine se contenir, je n'ai pas un *chez moi* comme Boissaux, je n'ai pas un bon ami pour me donner des conseils ; mais je vous invite tous à dîner au Rocher de Cancale, pour mardi prochain, si le jour vous convient, et je vous donnerai un dîner *autrement torché que celui-ci.*

Le dîner fut donné, et fut trouvé décidément inférieur à ceux de Viroflay. Ce n'est pas une petite chose que de donner un dîner vraiment bon, même à Paris ; la volonté de prodiguer l'argent ne suffit point, et un dîner peut manquer même dans les meilleurs établissements culinaires. Par exemple, au dîner de Delangle, une odeur de friture fort désagréable se répandit dans la salle du festin dès le second service, et, malgré toute la bonne volonté possible, Mme Boissaux fut obligée de demander la permission de prendre l'air pendant quelques instants. Lorsqu'ils la virent sortir, la plupart des convives, quoique fort accoutumés à toutes les odeurs que l'on sent au cabaret, déclarèrent que l'odeur de friture les incommodait fortement, et la fin de ce dîner ressembla à une déroute. Delangle était furieux ; Boissaux eut, de lui-même, l'idée de faire semblant de prendre pitié de son malheur.

Au moment où l'on se levait de table, Boissaux annonça à la société que la baraque qu'il avait louée à Viroflay menaçait de tomber sur la tête des personnes qui lui faisaient l'honneur de venir chez lui ; qu'ainsi, *pour cause de réparations*, le dîner du jeudi suivant était suspendu ; mais qu'il les attendait tous pour le second jeudi, à six heures bien précises.

Boissaux profita de ce peu de jours pour faire bâtir à la hâte une seconde salle à manger. Il dissimula assez heureusement l'existence de cette salle, et la surprise des invités fut complète, lorsque, arrivé au moment où l'on allait servir les fruits, Boissaux s'écria :

— Messieurs, passons dans une salle à manger absolument semblable à celle-ci ; que chacun prenne la place correspondante à celle qu'il a ici ; j'ai fait bâtir cette salle, Messieurs, pour que vous ne soyez pas incommodés par l'odeur des viandes.

Ce mot fut un coup de poignard pour Delangle, et la construction de cette salle mit un tel fond d'aigreur entre les deux beaux-frères, que Féder en vint à penser que si Delangle disait à Boissaux : « Sais-tu à quoi tu dois attribuer toutes les attentions de Féder ? Il fait la cour à ta femme », celui-ci n'ajouterait pas foi à ce propos, qu'il regarderait comme ayant pour but de le brouiller avec l'homme auquel il devait ses succès à Paris.

CHAPITRE VII

Un jour de grand dîner à Viroflay, vers la fin du repas, un convive qui venait pour la seconde fois dans la maison Boissaux, et qui n'en connaissait pas les êtres, dit en parlant des nouvelles de Paris, d'où il arrivait :

— Ce matin il y a eu un duel : c'est un jeune homme habitué de l'Opéra qui a été tué ; un fort joli garçon, ma foi ; mais toujours triste comme s'il eût prévu son sort, un M. Féder.

Un voisin du convive qui parlait ainsi lui saisit le bras avec vivacité, et, se penchant vers lui, lui adressa quelques mots à voix basse. Ni Boissaux ni Delangle n'avaient entendu la nouvelle ; mais Mme Boissaux n'en avait pas perdu une seule parole ; elle se sentit mourir ; elle se retint à la table pour ne pas tomber ; puis, en regardant tout autour d'elle pour voir si personne ne s'était aperçu de son mouvement : « Il y a, se dit-elle, vingt-cinq ou trente personnes ici ! à quelle scène je vais donner lieu ! et que dira-t-on demain ? » L'horreur de la scène qu'elle prévoyait lui donna du courage, et, prenant son mouchoir, qu'elle approcha de sa figure, elle fit signe à son mari qu'elle avait un saignement de nez, accident auquel elle était assez sujette. M. Boissaux dit un mot pour expliquer la sortie de la maîtresse de la maison, et personne ne fit autrement attention à son départ.

Elle passa dans sa chambre ; là, les sanglots éclatèrent. « Si je m'assois, se dit-elle, jamais je ne pourrai me relever. Cette maison est si petite et ces gens-là sont si grossiers ! ils sont capables, après dîner, de venir jusqu'ici... Ah ! il faut partir pour Paris, dès ce soir, et demain pour

Bordeaux ; c'est le seul moyen de sauver ma réputation. »

Cette pauvre femme fondait en larmes ; mais elle n'avait plus la force de se tenir debout ; il lui fallut plus d'une demi-heure pour gagner, en s'appuyant sur les meubles, une serre chaude qui était à côté de la chambre à coucher. En s'appuyant sur les caisses de quelques orangers que le froid de l'hiver précédent avait tués et que l'on n'avait point encore remplacés, elle parvint jusqu'au fond de la serre ; elle se cacha derrière une sorte de jonc d'Amérique qui avait six pieds de haut et une centaine de tiges. Là, pour la première fois, elle osa se dire : « Il est mort ! jamais mes yeux ne le reverront ! » Elle voulut s'appuyer sur la caisse du jonc américain ; mais elle n'eut pas la force de s'y retenir ; elle tomba tout à fait étendue par terre, et ce fut à cette position qu'elle dut de n'être pas vue par son mari, qui, inquiet de son absence, vint la chercher quelques minutes plus tard.

Lorsqu'elle revint à elle-même, elle avait oublié la nouvelle qu'elle venait d'apprendre ; elle fut fort étonnée de se trouver couchée dans la poussière. Puis, tout à coup, l'affreuse vérité lui revint ; elle se figura son mari venant l'interroger et suivi bientôt après de cinq ou six personnages qui, parmi les dîneurs, se trouvaient de sa connaissance la plus intime. « Que faire, que devenir ? s'écriait la malheureuse femme en fondant en larmes. Tous connaissent maintenant la fatale nouvelle, comment expliquer d'une façon à peu près raisonnable la situation dans laquelle je me trouve ? Dans dix minutes d'ici, je serai aussi déshonorée que je suis malheureuse. Qui, au monde, voudra croire qu'il n'y avait entre nous que de la simple amitié ? Et moi-même, je croyais encore, il y a huit jours, n'avoir que de l'amitié pour Féder. »

En s'entendant elle-même prononcer ce nom, ses sanglots redoublèrent ; ils étaient tellement forts et rapprochés, qu'elle fut sur le point de perdre tout à fait la respiration. « Eh ! que m'importe ce qu'on dira de moi ? Je suis à tout jamais au comble du malheur ; c'est mon pauvre mari que je plains ; est-ce sa faute, s'il n'a pu m'inspirer ce sentiment de bonheur divin, cette sensation électrique, qui me saisissait de la tête aux pieds, rien qu'en voyant entrer Féder ? »

Valentine, qui était parvenue à s'asseoir dans la poussière, la tête appuyée contre un grand vase, resta ainsi plus d'une grande demi-heure, les yeux fermés et à peu près évanouie. De temps à autre, une larme coulait lentement le long de sa joue ; elle prononçait à demi ces mots : « Je ne le verrai plus ! » Enfin elle se dit : « Mon premier devoir est de sauver l'honneur de mon mari ; il faut demander la voiture, et me rendre à Paris sans que personne me voie... Si un seul de ces êtres qui étaient là à dîner m'aperçoit dans l'état où je suis, mon pauvre mari est à jamais déshonoré. »

Valentine commençait à entrevoir cette idée dans toute son horreur ; mais les forces lui manquaient entièrement pour aller appeler le cocher ; elle voulait absolument n'être vue que de cet homme. Il était fort âgé, il était envoyé par le loueur, qui fournissait à son mari une voiture de remise. « En faisant donner de l'argent à cet homme, ou même en faisant parler à son maître, je pourrai ne le jamais revoir, se dit-elle ; et peut-être s'il ne revient pas demain, il ignorera à jamais l'affreux événement, tandis que, si un seul de mes domestiques me voit, je suis une femme perdue. »

Cette idée inspira à Valentine un effort désespéré ; en se retenant au coin d'une caisse d'oranger, elle parvint à se mettre debout. Puis, après des efforts inimaginables, elle alla prendre dans sa chambre un châle, qu'elle jeta sur sa tête, comme si elle eût eu froid. « Je dirai au cocher que j'ai été saisie d'un frisson et d'un accès de fièvre, et que pour ne pas inquiéter mon mari, je veux, sur-le-champ, retourner à Paris. »

Pour gagner la remise sans entrer dans l'intérieur de la maison, Valentine qui avait repassé dans la serre chaude, ouvrit une des portes-fenêtres qui donnaient sur le jardin ; mais l'effort nécessaire pour ouvrir la persienne avait presque entièrement épuisé ses forces ; elle était immobile sur le seuil de cette porte-fenêtre ; elle entendit marcher doucement et comme avec précaution, tout auprès d'elle. Sa frayeur fut extrême ; elle se cachait la figure avec les mains et rentrait dans la serre, lorsque l'homme qui s'avançait le long du mur se trouva vis-à-vis la fenêtre. La voyant ouverte, cet homme eut l'audace d'entrer. Écartant un peu les mains qui lui couvraient la figure, Valentine regarda avec colère quel pouvait être cet indiscret : c'était Féder.

— Ô mon unique ami ! s'écria-t-elle en se jetant dans ses bras, vous n'êtes donc pas mort !

(Ici, peut-être, devrait s'arrêter cette nouvelle.)

Surpris et enchanté de cet accueil, Féder oublia entièrement la prudence à laquelle tant de fois il s'était promis de rester fidèle ; il couvrit de baisers cette figure charmante. Peu à peu il remarqua l'extrême émotion de Valentine ; son visage était couvert de larmes ; mais Féder, cet être si sage jusqu'ici, avait perdu tout empire sur lui-même ; il essuyait ces larmes avec ses lèvres. Il faut avouer que la manière d'être de Valentine n'était pas de nature à le rappeler à la raison ; elle s'abandonnait à ses caresses, elle le serrait contre son sein avec des mouvements convulsifs, et nous ne savons comment faire pour avouer, avec décence, que deux ou trois fois elle lui rendit ses baisers.

— Tu m'aimes donc ? s'écriait Féder d'une voix entrecoupée.

— Si je t'aime ! répondait Valentine.

Cet étrange dialogue durait déjà depuis plusieurs minutes lorsque tout à coup Valentine eut la conscience de ce qui lui arrivait. Elle fit quelques pas en arrière avec une promptitude étonnante, et un sentiment de surprise, mêlé d'horreur, se peignit dans ses traits.

— Oh ! Monsieur Féder, il faut oublier à jamais ce qui vient de se passer.

— Jamais, je vous le jure, jamais aucune parole sortie de ma bouche ne vous rappellera cet instant de bonheur sublime. Puisque je ne puis me soumettre à un effort aussi pénible, ai-je besoin de vous dire que, dans l'avenir comme par le passé, jamais votre nom ne sera prononcé par moi ?

— Je meurs de honte en vous regardant ; soyez assez bon pour me laisser un instant de solitude.

Féder s'éloignait avec toutes les apparences du respect le plus profond.

— Mais vous devez me croire folle ! s'écria Valentine en se rapprochant de la fenêtre.

Féder, de son côté, fit aussi quelques pas et se trouva fort près de Valentine.

— On venait de m'apprendre votre mort, dit celle-ci ; vous aviez été tué en duel, et le moment qui nous sépare d'un ami véritable est toujours, comme vous le savez, accompagné d'un trouble extrême... dont nous ne sommes pas responsables... Il serait injuste de nous accuser.

Valentine cherchait à s'excuser ; le contraste

était frappant entre le ton de voix presque officiel qu'elle cherchait à prendre et le son de voix tendre et abandonné dont, un instant auparavant, Féder avait eu le bonheur d'être le témoin et l'objet.

— Vous cherchez à obscurcir le moment le plus heureux de ma vie, lui dit-il en lui prenant la main.

Elle n'eut pas la force de soutenir la feinte jusqu'au bout.

— Eh bien, allez-vous-en, mon ami, lui répondit-elle sans retirer sa main ; laissez-moi me remettre d'un si grand trouble et d'une si grande folie. Ne m'en reparlez jamais ; mais allez, je n'ai point changé de sentiments. Adieu, je ne veux point faire l'hypocrite avec vous ; mais, au nom du ciel, laissez-moi seule. On m'avait annoncé votre mort ; ne me faites pas repentir, à l'avenir, de vous avoir regretté si follement, quand je croyais ne vous jamais revoir.

Féder obéit en affectant l'apparence du respect le plus profond. Valentine lui sut bien quelque gré de ce respect ; car de vingt endroits du jardin on pouvait les voir. Cependant, au fond, il ne lui plut point ; il était, à ses yeux, gâté par un mélange d'hypocrisie, et que devenait-elle si l'hypocrisie se mêlait à la conduite que Féder avait à son égard ?

Il était bien vrai que cet extrême respect était une affectation. Féder savait bien que c'est à l'instant où une femme vient de se compromettre le plus qu'il lui faut faire oublier l'insigne folie qu'elle vient de commettre en consolant sa vanité et jetant à l'immense voracité de cette habitude de l'âme des femmes les marques de respect les plus exagérées.

Mais l'un des effets les plus doux et les plus singuliers de l'étrange sentiment qui unissait Féder à Valentine, c'est, si l'on peut parler ainsi, de maintenir toujours le bonheur au même niveau dans les deux âmes unies par l'amour.

Féder vit fort bien la nuance de désappointement qui se peignit dans les yeux de Valentine en lui voyant faire ses saluts si respectueux. « Ce mécontentement, se dit-il, va la conduire à une défiance qui lui semblera de la prudence toute simple, demain, peut-être ; elle arrivera à me nier que, lorsqu'elle m'a cru mort, il lui est arrivé de m'avouer qu'elle m'aimait avec passion. J'aurai une peine extrême à vaincre cette prudence ; au lieu de jouir du bonheur divin que me font espérer ses aveux si passionnés d'il n'y a qu'un instant, je serai obligé de manœuvrer. » Ces réflexions se succédèrent rapidement. « Il faut que je l'inquiète, se dit Féder ; on ne voit les inconvénients d'un bonheur qu'autant qu'on en est sûr. »

Féder se rapprocha de Valentine d'un air assuré et assez froid, en apparence, surtout si on le comparait aux transports si abandonnés qui venaient d'avoir lieu. Féder prit sa main, tandis qu'elle le regardait d'un air indécis et surpris, et il lui dit d'un ton philosophique et froid :

— Je suis plus honnête homme qu'amant ; je n'ose vous dire que je vous aime avec passion, de peur que cela ne cesse d'être vrai un jour ; et, sur toutes choses, je ne voudrais pas tromper une amie qui a pour moi des sentiments si sincères. J'ai peut-être tort ; probablement jusqu'ici le hasard n'a pas voulu me faire rencontrer des âmes comme celle de Valentine ; mais enfin, à mes yeux, jusqu'à cette heure, j'ai regardé le caractère des femmes comme offrant tant d'inconstance et de légèreté, que je ne me laisse aller à aimer passionnément une femme que lorsqu'elle est toute à moi.

Après ces paroles prononcées du ton de la conviction la plus sincère, Féder salua Valentine d'un air d'amitié tendre. Elle resta immobile et pensive. Déjà elle ne songeait plus à se reprocher amèrement le moment de folie qui venait de la jeter dans les bras de Féder.

Féder alla rejoindre Boissaux et sa société, et se débarrassa de l'épisode de sa mort en recevant et donnant quelques poignées de main.

— Je savais bien, lui dit Boissaux, que vous n'étiez pas homme à vous laisser tuer ainsi.

L'accueil que lui fit Delangle fut moins amical. Féder raconta qu'en effet un fou, qui se prétendait plaisanté par lui, l'avait attaqué, et qu'il avait fallu avoir un tout petit duel à l'épée ; le fou avait reçu une blessure à la poitrine, qui avait calmé son ardeur, et à la suite de cette blessure on lui avait appliqué une sangsue. Le rire qu'excita ce détail mit fin à l'attention désagréable que tous ces hommes à argent, poussés par de bons vins, accordaient aux actions de Féder. Bientôt il put chercher à voir Mme Boissaux ; mais son mari lui avait accordé la permission de revenir à Paris, et elle était partie depuis longtemps.

Le lendemain, Féder vint, avec le plus beau sang-froid, savoir des nouvelles de l'indisposition de Mme Boissaux ; il la trouva dans son salon, gardée par sa femme de chambre et deux ouvrières ; tout le monde était occupé à faire des rideaux. À chaque instant Mme Boissaux se levait pour mesurer et couper du calicot ; les regards furent aussi froids que les actions ; la conduite de ces deux êtres qui, la veille, dans les bras l'un de l'autre, s'avouaient en pleurant qu'ils s'aimaient, eût bien étonné un observateur superficiel. Valentine s'était juré de ne jamais se retrouver seule avec Féder. D'un autre côté, ce que celui-ci lui avait dit la veille : savoir, qu'il ne pouvait aimer avec un certain abandon qu'autant qu'il était sûr d'être aimé, se trouva à peu près exactement vrai.

Quoiqu'il eût à peine vingt-cinq ans, il ne croyait, en aucune façon, aux démonstrations des femmes ; l'aveu le plus gracieux de la passion la plus tendre ne lui inspirait d'autre idée que celle-ci : « On tient à me persuader que l'on m'aime passionnément. » Il avait peur de son âme, il se rappelait toutes les étranges folies qu'il avait faites pour sa femme, et, en vérité, il n'en voyait pas le pourquoi. Le souvenir qui lui était resté n'était autre que celui d'une petite fille d'un caractère fort gai et qui adorait les chiffons venus de Paris. Au surplus, il ne lui restait aucun souvenir distinct et détaillé des sentiments qui l'avaient agité pendant tout le temps qu'il avait été amoureux. Il se voyait seulement accomplissant d'étranges folies ; mais il ne se rappelait plus les raisons qu'il se donnait à lui-même pour les faire.

L'amour lui inspirait donc un sentiment de terreur fort prononcé, et, s'il eût prévu qu'il deviendrait amoureux de Valentine, sans doute il fût parti pour un voyage. Il s'était laissé entraîner à la voir tous les jours ; d'abord parce qu'elle était remarquablement belle : il y avait certains traits dans sa figure qu'il ne se lassait pas de regarder comme peintre ; par exemple, ce contour des lèvres un peu trop grosses et susceptibles d'exprimer la passion la plus ardente, et qui faisait un étrange contraste avec le contour tout idéal du nez et l'expression chaste et sublime de ses yeux, dont le regard si vif semblait appartenir à quelque sainte du paradis, au-dessus de toutes les passions.

En second lieu, Féder s'était laissé aller à revenir tous les jours auprès de Valentine parce qu'elle était pour lui une distraction. Auprès d'elle il ne songeait pas aux chagrins que lui donnait la peinture, depuis que, dans un accès de bon sens sévère, il lui était arrivé de découvrir qu'il n'avait aucun talent pour faire des portraits en miniature. Il sentait qu'il y avait une résolution à prendre ; il avait une répugnance invincible à vivre en faisant sciemment de mauvaises choses. Il y avait dans cette âme un fond d'honnêteté méridionale et passionnée qui eût bien donné à rire à un véritable Parisien. Dans l'année qui avait précédé le portrait de Mme Boissaux, l'atelier de Féder lui avait rapporté dix-huit mille francs. Quoique vivant publiquement avec une actrice, il passait pour un jeune homme du meilleur ton. L'on savait fort bien que Rosalinde ne dépensait pas un centime pour lui ; mais, grâce au savoir-faire de cette même Rosalinde, le public ne bornait pas à cela ses bontés pour Féder. On le voyait toujours regrettant avec passion l'épouse qu'il avait perdue sept ans auparavant, ce qui le faisait passer pour un fort honnête homme, et ce renom d'honnêteté passionnée commençait à remonter jusqu'aux femmes qui ont un nom et des chevaux.

De plus, on avait découvert qu'il était fort bien né. Si son père, un peu fou, s'était jeté dans le commerce, en revanche, son grand-père était un bon gentilhomme de Nuremberg, et, de plus, Féder avait des sentiments dignes de sa naissance. Par état, il ne parlait jamais de politique ;

mais l'on savait, à n'en pas douter, qu'il ne lisait jamais d'autre journal que la *Gazette de France*[1], et ce jeune peintre en miniature avait dans son cabinet tous les *saints Pères*, dont un zèle pieux vient de publier de nouvelles éditions.

Escorté d'une si belle réputation, Féder pouvait prétendre à l'une des premières places qui deviendraient vacantes à l'Institut ; il ne dépendait que de lui d'épouser une femme, encore fort bien, qui lui apporterait une fortune de plus de quatre-vingt mille livres de rente, et à laquelle il ne pouvait reprocher d'autre défaut que de se montrer tous les jours plus passionnée. Par le plus grand hasard du monde, Féder venait de découvrir une chose qui lui avait beaucoup déplu : à l'époque de la dernière exposition, Rosalinde avait dépensé près de quatre mille francs en articles de journaux pour assurer le succès de son cadre de miniatures. Enfin, depuis que Féder était convenu avec lui-même qu'il n'avait aucun talent, ses succès augmentaient : rien de plus facile à expliquer. Il était surtout recherché pour des portraits de femmes, et, depuis qu'il avait renoncé à se tuer de peine pour saisir les couleurs de la nature, il flattait ses modèles avec une impudence qu'il n'avait point autrefois, lorsqu'il mettait tout en œuvre pour trouver les tons vrais de la nature.

1. La *Gazette de France*, dirigée par l'abbé de Genoude, fut, sous le gouvernement de Juillet, l'organe de l'opposition modérée.

Pour prouver que Féder n'était au fond que ce qu'on appelle à Paris un nigaud, il suffira de faire remarquer que, contre tous les avantages que nous venons d'énumérer longuement, il avait besoin de distraction. Le mot décisif de tout cela c'est qu'il trouvait peu honnête de continuer à faire des portraits, sachant qu'il les faisait mal ; et encore sur ce mot *mal* il y avait bien des choses à dire : les trois quarts des gens qui vivent à Paris en faisant de la miniature étaient, pour le talent, bien au-dessous de Féder. Ce qui augmentait ses scrupules ridicules, c'est que, disant fidèlement à Rosalinde toutes les idées qu'il avait, il ne lui avait point fait part de la fatale découverte qu'il devait à l'examen des portraits de Mme de Mirbel.

Nous aurons achevé la peinture de la situation et du caractère de Féder, si nous ajoutons que l'habitude qu'il avait prise d'aller tous les jours chez Mme Boissaux avait comme suspendu tous les autres sentiments qui agitaient sa vie. Avant qu'il la connût, quelquefois il se disait : « Mais serais-je assez fou pour avoir de l'amour ? » Ordinairement, ces jours-là, il prenait sur lui de ne pas aller chez Valentine ; mais l'heure à laquelle il l'aurait vue était dure à passer ; quelquefois il ne pouvait pas résister à la tentation ; il courait chez elle et se manquait de parole, mais tout heureux de ce résultat. La dernière fois qu'il avait craint sérieusement d'avoir de l'amour, il était monté à cheval, et, à l'heure où il aurait pu voir Valentine, il était à Triel, sur les bords de la Seine, à dix lieues de Paris.

La scène de Viroflay changea tout ; il ne pouvait admettre le soupçon de la feinte dans l'état violent où il avait vu Mme Boissaux : évidemment elle le croyait mort.

Pendant la nuit qui suivit cette scène, Féder devint éperdument amoureux. « Si je fais, se dit-il, des folies comparables à celles que causa mon premier amour, je me trouverai dans un bel état au réveil... mais, cette fois, ce ne sera pas ma fortune qui sera compromise ; pour faire mon malheur, l'amour n'aura besoin que de lui-même ; je ferai si bien, que la dévotion de Valentine se réveillera, et qu'elle finira par me défendre de la voir. Or je connais ma faiblesse ; il suffit que je désire avec passion pour devenir un imbécile, elle est dévote et même superstitieuse ; jamais je n'aurai le courage de lui faire violence et de courir le risque de lui déplaire. Dans cette position, je n'aurai plus de force que contre moi-même, et, pour me remettre en possession du courage que doit avoir un homme, je n'ai d'autre ressource que d'arracher de mon cœur la passion qui le domine. »

Fort effrayé par ces réflexions, Féder finit par prendre les résolutions les plus énergiques contre Valentine. « Dans une âme aussi sincère et aussi jeune, se dit-il, le sentiment passionné qu'elle m'a montré ne s'éteindra pas en peu de jours, et surtout je n'ai pas à craindre de le faire disparaître en la faisant souffrir. Par bonheur, dans la scène si étrange de la serre chaude, je n'ai donné, à le bien prendre, aucun signe d'amour passionné. Une femme charmante, dans toute la fleur de la première jeunesse, les joues couvertes de larmes, se jette dans mes bras et me demande si je l'aime ! Quel jeune homme, à ma place, n'eût pas répondu par des baisers ? Et toutefois, un instant après, le bon sens me revient, et je lui fais cette fameuse déclaration : "Je ne me laisse aller à aimer passionnément une femme que lorsqu'elle est toute à moi." Il ne s'agit que de persévérer. Si mon imprudence se laissait aller à lui serrer la main, si je portais à mes lèvres cette main charmante, tout serait perdu pour moi, et il me faudrait avoir recours aux remèdes les plus affreux : par exemple, à l'absence. »

Féder eut besoin de se rappeler sans cesse ces raisonnements terribles durant cette première visite qu'il fit à Valentine, entourée d'ouvrières et uniquement occupée, en apparence, à mesurer et à couper des toiles de coton pour des rideaux. Il la trouvait adorable au milieu de ces soins domestiques. C'était une bonne Allemande, tout attachée à ses devoirs de maîtresse de maison. Mais dans quelle action ne l'eût-il pas trouvée adorable et lui donnant de nouvelles raisons de l'aimer avec passion ?

« Le silence est signe d'amour, s'était dit Féder; en conséquence, il prit la parole à son entrée dans la salle à manger, où se trouvait Mme Boissaux, et ne la quitta plus ; il bavardait sur des sujets à cent lieues de l'amour et des sentiments tendres. D'abord cet étrange flux de paroles fut du bonheur pour Valentine ; son imagination ardente s'était figuré avec horreur que Féder voudrait reprendre la conversation à peu près où elle en était après la scène de la serre chaude. C'est pour cela qu'elle s'était entourée d'ouvrières. En peu de moments Valentine fut rassurée ; bientôt elle le fut trop ; elle soupira profondément en voyant l'imagination de Féder tout occupée d'images si différentes de celles qui auraient dû la remplir. Elle fut surtout choquée de sa gaieté ; elle le regarda avec un étonnement naïf et tendre qui était divin. Féder eût donné sa vie pour pouvoir la rassurer en se jetant dans ses bras. La tentation fut si forte, qu'il eut recours à cette ressource banale ; il regarda sa montre avec vivacité, et disparut sous prétexte d'un rendez-vous d'affaires dont l'heure était passée. Il est vrai qu'il fut obligé de s'arrêter sur l'escalier, tant son émotion était violente. « Je me trahirai un jour, c'est sûr », se disait-il en se retenant de toutes ses forces à la rampe, faute de laquelle il serait tombé. Ce regard étonné, et l'on peut dire si malheureux, de ne pas trouver de l'amour où elle craignait d'en rencontrer trop, fit peut-être plus pour le bonheur de notre héros que les caresses si passionnées de la veille.

C'était l'heure de la promenade au bois de Boulogne. Féder monta à cheval ; mais, dès l'entrée du bois, il se jeta dans les chevaux d'une voiture, et, plus loin, il fut sur le point d'écraser un philosophe qui, afin d'être vu, avait choisi ce lieu pour méditer, et marchait en lisant.

« Je suis trop distrait pour monter à cheval », se dit Féder en revenant au petit trot et s'obligeant à avoir les yeux constamment fixés devant lui.

CHAPITRE VIII

Le soir il sentit encore mieux combien il était fou ; il rencontra Delangle au foyer de l'Opéra, lequel lui dit bonjour. Il éprouva un mouvement de terreur, et la grosse voix du provincial, si peu faite pour aller à l'âme, retentit jusque dans les profondeurs de la sienne. Delangle lui disait :

— N'allez-vous pas voir ma sœur ? elle est dans sa loge.

Malgré ses résolutions, Féder se persuada qu'il y était forcé par ce mot ; que ne pas paraître dans la loge de Mme Boissaux serait une chose remarquée. Il entra donc dans cette loge. Fort heureusement il y trouva plusieurs personnes ; il fut silencieux et gauche à faire plaisir.

« Puisque je ne parle pas, se disait-il, je puis

me livrer à tout mon bonheur. » Je ne sais quel nouveau débarqué, arrivant de Toulouse et ayant ouï dire que les hommes portaient quelquefois un flacon de sels, fit l'acquisition d'un flacon immense, d'une sorte de petite bouteille qu'il fit remplir de sel de vinaigre. En arrivant dans la loge, il déplaça le bouchon de son flacon, et l'odeur de vinaigre se répandit de façon à incommoder tout le monde.

— Et vous, Monsieur Féder, que les odeurs rendent malade ! lui dit Valentine.

Son esprit ne put arriver à trouver d'autre réponse qu'un : *Eh bien, Madame*, deux fois répété. Il avait un éloignement invincible pour toutes les odeurs ; mais, depuis cette soirée, l'odeur du vinaigre devint sacrée pour lui, et, toutes les fois qu'il la rencontra, par la suite, il eut un vif sentiment de bonheur.

Valentine se dit : « Si parleur ce matin, si fertile en anecdotes prétendues plaisantes, et si interdit ce soir ! Que se passe-t-il donc dans son cœur ? » La réponse n'était pas douteuse et faisait soupirer tendrement la jeune femme : « Il m'aime. »

Ce soir-là le spectacle intéressait vivement Mme Boissaux ; toutes les paroles d'amour allaient droit à son cœur ! « Rien n'était commun, rien n'était exagéré. » (Schiller.)

Deux mois entiers se passèrent ainsi. Féder, passionnément amoureux, ne s'écarta en aucune sorte des règles de la prudence la plus austère. Chaque entrevue avec Féder changeait du tout au tout les idées de Valentine sur son compte. Son caractère si simple et si modeste offrait maintenant les disparates les plus bizarres. C'était, par exemple, avec un dégoût marqué que, dans les premiers temps de son séjour à Paris, elle écoutait le récit des dépenses folles auxquelles se livraient les femmes de messieurs les hommes à argent. Maintenant elle imitait ces dames dans ce que leur conduite offre de plus extravagant. Ainsi un jour son mari lui fit une scène parce qu'elle avait envoyé, en une seule matinée, quatre domestiques de Viroflay à Paris : il s'agissait d'avoir, avant dîner, une certaine robe de Mme Delisle.

— Et encore nous n'attendons personne à dîner aujourd'hui !

M. Boissaux ne comptait pas Féder : c'était l'ami de la maison, et, d'après un certain indice, Valentine comptait qu'il viendrait ce soir-là. La robe arriva à cinq heures et demie ; mais Féder ne parut point, et Valentine fut au moment de devenir folle. Elle était bien loin de deviner les idées et les exigences souvent cruelles qui dirigeaient impérieusement la conduite de cet amant qui ne lui disait jamais qu'il l'aimait.

Rosalinde était jalouse comme Othello : tantôt elle passait des journées entières sans ouvrir la bouche, tantôt cette femme de manières si polies, d'un caractère si doux, éclatait en reproches violents, et ses actions répondaient à ses paroles. Par exemple, elle payait les domestiques de Féder, et, pour éviter des scènes, il avait renvoyé son *groom*, et était obligé de se cacher de son valet de chambre. Il avait placé son cheval dans l'écurie d'un marchand de chevaux aux Champs-Élysées ; et, malgré toutes ces précautions ennuyeuses et bien d'autres, Rosalinde parvenait à savoir tout ce qu'il faisait. Toujours cette aimable danseuse avait été dévote. Tout le monde n'était-il pas bien loin de croire à l'existence de cette qualité chez une danseuse ? Depuis que la jalousie avait envahi son cœur, Rosalinde était devenue superstitieuse ; elle passait toutes ses journées à sa paroisse, et donnait beaucoup d'argent aux prêtres pour les besoins de l'église ; elle annonçait le dessein de quitter le théâtre. Des gens adroits l'avaient leurrée de l'espoir qu'après cette démarche elle serait admise dans une société de femmes dévotes qui comptait de fort grands noms. Elle pensait ainsi engager Féder à l'épouser avant que lui-même eût fait fortune. Elle réussit seulement, par toutes ses démarches vexatoires à lui faire venir l'idée de quitter Paris à tout jamais. Il tremblait qu'elle ne vînt à Viroflay faire une scène. Quel parti n'eût pas tiré d'une telle démarche Delangle, avec ses soupçons !

Ne jamais parler d'amour à Mme Boissaux, tout en faisant tout ce qu'il fallait pour porter sa passion jusqu'au délire, et si cette passion était sincère, réelle, tel était le plan de conduite auquel Féder s'était arrêté plus par timidité que par bon calcul. Car, si Mme Boissaux avait une passion réelle, elle pouvait se compromettre, ce qui fermait la porte de la maison à Féder. Mais sa timidité, sa peur de fâcher Mme Boissaux, voulaient la forcer à parler la première, ce qui amenait nécessairement une conclusion décisive. Cependant, comme il était hors de sa puissance de lui rien cacher, il lui avoua l'extrême terreur que lui causaient les soupçons de Delangle, ce qui amena un singulier dialogue entre une femme fort pieuse de vingt-deux ans et un homme de vingt-six qui l'aimait à la folie.

— Que devenir, s'il dit à M. Boissaux que tous les soins que je prends pour faire réussir les rêves de son ambition s'expliquent par un mot : je vous aime à la folie ? que répondre ?

— Nier résolument une passion qui serait si criminelle.

— Mais, si un homme qui a à peine quelque usage du monde et des passions me regarde, jette les yeux sur moi, sur-le-champ il voit que j'aime. De quel front nier une vérité aussi évidente ?

— Il faut nier toujours ; bientôt nous verrons cesser cet amour coupable.

Un jour, au milieu d'un de ces splendides dîners de Viroflay, l'on parlait des succès si imprévus de Mlle Rachel.

— Ce que j'aime surtout dans cette jeune fille, c'est qu'elle n'exagère pas l'expression des passions ; même dans certaines parties du rôle d'Émilie de *Cinna*, on dirait qu'elle lit son rôle ; cela est admirable au milieu d'un peuple qui ne vit que d'exagération. Parmi nous, romanciers, écrivains sérieux, poètes, peintres, tous exagèrent pour se faire écouter.

Aucun des convives ne répondit à ce propos de Boissaux ; il était tellement loin de ses discours ordinaires, que tout le monde resta comme frappé d'étonnement.

Féder avait donné un correspondant littéraire à son ami ; il avait choisi un pauvre vaudevilliste émérite. Chaque jour vingt lignes de cette correspondance arrivaient à Viroflay ; c'était le mot qu'il fallait dire sur la pièce de la veille, sur l'exposition de l'industrie ou des tableaux, sur la mort de la tortue, sur le procès Sampayo, etc., etc. M. Boissaux avait consenti à payer dix francs chacune de ces lettres, dont la plupart étaient composées par Féder. À la vérité, ces phrases faisaient un peu tache dans la conversation du millionnaire : mais les gens devant lesquels il les récitait avaient assez à faire à les comprendre. Le plaisant de la chose, c'est que Boissaux, qui depuis l'établissement de la correspondance, n'en avait pas dit un seul mot à Féder, lui donnait hardiment comme venant de lui et inventées à l'instant des idées que celui-ci avait placées la veille dans la lettre que Boissaux lui récitait en la gâtant.

Ces idées, qui quelquefois avaient de la finesse, formaient un étrange contraste avec l'ensemble des manières du futur pair de France. Par exemple, pour cacher son hésitation habituelle, Boissaux, depuis qu'il était riche, avait pris l'habitude de précipiter sa parole par jets ou émissions successives que séparaient de petits silences. Rien de plus singulier dans un salon de Paris que cette affectation passée à l'état d'habitude. En entendant cette grosse voix de charretier, chacun tournait la tête ; on avait l'idée de quelqu'un qui contait une anecdote de bas étage et singeait la voix d'un cocher pris de vin.

Ce fut cependant un tel être que Féder, si sensible aux grossièretés les plus autorisées par l'usage, entreprit de produire dans le salon de M. N..., ministre du Commerce. Le jeune homme que ce ministre avait appelé aux grandes fonctions de chef de son bureau particulier, en arrivant aux affaires, était le neveu de Mlle M..., agréable chanteuse de l'Académie royale de musique, chez laquelle le ministre allait passer des instants pour se délasser des ennuis du ministère le plus pénible. Cet homme d'État avait entrepris de faire marcher ensemble des intérêts opposés et irréconciliables ; il s'agissait alors, à ce ministère, de la question des sucres que, pour comble d'embarras, ce ministre ignorait complètement. Où trouver à Paris, et surtout dans les hautes fonctions du gouvernement, un homme qui ait le temps de consacrer quinze jours à la lecture des pièces originales ?

. . . .

. . . .

Il existait, en outre, deux pages de la main de Beyle, à peu près indéchiffrables. (Note de la première édition, 1855.)

Composition Bussière
Impression Novoprint
à Barcelone, le 4 août 2014
Dépôt légal : août 2014
1er dépôt légal dans la collection : avril 2005

ISBN 978-2-07-030820-0./Imprimé en Espagne.

276700